Le pique-nique de Lulu Kreutz

DU MÊME AUTEUR

Aux Éditions Albin Michel

HAMMERKLAVIER, 1997.

THÉÂTRE. Conversations après un enterrement, La traversée de l'hiver, « Art », 1998.

L'HOMME DU HASARD, 1998.

UNE DÉSOLATION, 1999.

Yasmina Reza

Le pique-nique de Lulu Kreutz

Scénario
Yasmina Reza

Adaptation
Didier Martiny

Un film
de Didier Martiny

Albin Michel

22, rue Huyghens, 75014 Paris

ISBN 2-226-11068-2

SÉQUENCE 0

Au bout d'un moment, ce n'est plus tout à fait noir.

Sur la droite de l'écran, luit le placage en bois verni d'un violoncelle.

Son *off* d'une salle qui applaudit.

On est en coulisses. Collé toujours au noir de l'instrument. Celui-ci se décale un peu...

Le son qui parvient de la salle est étrange, identifié comme des applaudissements mais parfois changeant de vitesse, ralentissant, comme écouté par quelqu'un de « groggy ».

Le violoncelle « bouge ». On avance serré au ras du sol... Le parquet de la scène, les pieds des chaises de l'orchestre, au fond, le chef faisant signe aux musiciens de se relever...

Tout le trajet de Jascha Steg jusqu'à l'avant-scène est filmé au niveau de ses pieds.

Jascha tourne à droite, change l'instrument de main, le violoncelle sort du champ. La jambe droite... La pointe de l'archet apparaît dans l'image et se balance...

Devant, le public debout, galvanisé, applaudit...

Une chaise entre dans le champ.

Par la manière qu'elle a de parvenir dans l'image, on doit sentir l'insolence et la provocation du geste qui la propulse.

La chaise est amenée très près des spectateurs. Anormalement près.

Tout le monde se rassoit dans un murmure qui s'évanouit.

Le violoncelle traverse l'écran.

On s'approche en rencontre avec la pointe de métal qui sert de reposoir pour l'instrument. Celle-ci frappe le parquet et s'immobilise.

Silence.

La main droite de Jascha traverse le cadre, archet en main.

La caméra a remonté mais on ne voit jamais parfaitement le visage de Jascha.

Nuque, mèches de cheveux... Toutes choses qui l'identifient mais ne le posent pas.

L'archet s'approche des cordes... Harmonie du geste, courbe du poignet, manche de la veste, blanc de la chemise...

Dans ce mouvement qui semble ne pas finir, commence le Prélude de la *Deuxième Suite pour violoncelle* de Bach...

SÉQUENCE 1

Matin. Hall d'un hôtel trois étoiles à Évian.

Sur différents panneaux muraux, on peut voir la publicité du festival des Lacs. Sur l'un d'entre eux, une affiche spéciale, avec une photo, annonce le concert de Jascha Steg.

À la réception, Jascha finit de parler avec le concierge.

Derrière lui, en fond de plan, les portes de

l'ascenseur s'ouvrent sur Anna. Elle porte un étui à violon.

Jascha se retourne et la voit.

Elle s'arrête, interdite.

Il lui sourit.

Elle se précipite vers la sortie.

Il la rattrape et lui barre quasiment la route.

JASCHA. Pourquoi cet œil noir ?... J'ai installé mes parents ici. J'ai le droit ?

ANNA. Mets-les ailleurs.

JASCHA. Ils ne vont pas te déranger.

ANNA. Mets-les au Royal avec toi.

JASCHA. Ma mère est gênée dans les palaces.

ANNA. Pourquoi ici ?...

JASCHA. Parce que tu y es. *(Elle essaie de partir, il l'en empêche.)* Pour te voir. Pour avoir un prétexte pour te voir durant ces quarante-huit heures.

ANNA. Tu me vois en répétition !

Il rit.

JASCHA. Ton mari est là ?

ANNA. Oui.

JASCHA. Tu aimes ton mari ?

ANNA. Laisse-moi, s'il te plaît !

JASCHA. Tu aimes ton mari ?

ANNA. Je l'aime.

JASCHA. Et quand tu étais avec moi à Vienne, tu l'aimais ?

ANNA. Oui.

JASCHA. Et à Bâle ?

ANNA. Arrête !

JASCHA. Et rue Cassette ?

ANNA. Arrête !...

JASCHA. Rue Cassette, Anna ?

ANNA. Je l'aimais.

JASCHA. Et moi, tu m'aimais ?

ANNA. Tout est fini, qu'est-ce que tu veux ? !...

JASCHA. Tu m'aimais ?

ANNA. Oui.

JASCHA. Je deviens fou.

ANNA. Deviens fou.

Il la laisse passer.

SÉQUENCE 2

Elle part en courant dans la rue.

Il sort et se dirige vers une voiture qu'il essaye d'ouvrir avec une télécommande sans y parvenir.

Il s'impatiente, haineux.

SÉQUENCE 3

Évian.

Une ruelle derrière le théâtre.

Anna marche d'un bon pas, portant son violon.

Un minibus est garé, duquel descendent quelques musiciens logés probablement plus loin.

Au coin de la rue débouche la voiture de Jascha (berline neuve mise à sa disposition pour le Festival). Il la gare n'importe où, dans un crissement de pneus.

Anna pénètre dans le théâtre en courant.

Un employé se précipite au-devant de Jascha.

LE RÉGISSEUR. Ah non ! Vous ne pouvez pas rester là, monsieur Steg !

JASCHA. Ça va ! Ça va !

Il lui fourre les clés dans les mains et entre dans l'édifice.

SÉQUENCE 4

Midi.

Terrasse extérieure de l'hôtel. Tables blanches, plantes vertes. Derrière, le lac Léman, paisible. Des voiliers passent au fond.

Joseph et Michel sont assis.

Un serveur arrive.

LE SERVEUR. Le pamplemousse ?

JOSEPH. Moi.

Le serveur pose un Campari devant Michel.

JOSEPH. Tu sais que le pamplemousse est l'ami du foie.

MICHEL. Depuis toujours je sais ça.

JOSEPH. Et pourquoi tu ne me l'as pas dit ?

MICHEL. Parce que nous n'avons jamais abordé le pamplemousse.

JOSEPH. C'est l'ami du foie ! Depuis que je sais ça, je mange un pamplemousse par jour. Si ce n'est deux.

MICHEL. Tu as raison.

Un temps.

Ils sont assis l'un à côté de l'autre, contemplatifs, sans souci de maintien, comme ceux qui se connaissent depuis des lustres et qui ont épuisé tout ce qu'on peut se dire.

JOSEPH. Olga a oublié mon Soludécadron, si je suis piqué par une guêpe, c'est foutu.

MICHEL. Pourquoi veux-tu être piqué par une guêpe ?

JOSEPH. Et pourquoi je ne serais pas piqué ?

MICHEL. Tu seras piqué.

JOSEPH. Plaisante. Tu riras moins quand j'aurai doublé de volume. Au fond, ce qui m'agace chez Jascha, c'est sa bonne santé. Qui dirait un violoncelliste ? On dirait un joueur de rugby.

MICHEL. Tu as raison.

JOSEPH. Pas normal la bonne santé chez un artiste. À moins que la célébrité ne possède des vertus roboratives ?... Non. Il a toujours été costaud.

MICHEL. Il a hérité d'Olga.

JOSEPH. Oui. Encore qu'Olga, Dieu merci, devient souffreteuse avec l'âge. On ne peut pas fréquenter un bien-portant. Le bien-portant ne comprend rien. Toi, je t'aime car non seulement tu es malade, mais tu es anxieux.

MICHEL. Je suis moins anxieux que toi.

JOSEPH. Parce que tu es moins malade.

MICHEL. Pas mal cet hôtel.

JOSEPH. Pas mal.

MICHEL. Tu as un bidet dans ta salle de bains ?

JOSEPH. Pas regardé.

MICHEL. Je n'en ai pas moi.

JOSEPH. C'est con.

MICHEL. Tu en as peut-être un toi.

JOSEPH. Possible.

MICHEL. Olga est en haut ?

JOSEPH. Elle défait les valises.

MICHEL. Pas mal, pas mal... Pas mal cet hôtel.

JOSEPH. Pas mal.

MICHEL. À quelle heure le concert ?

JOSEPH. Vingt heures trente.

MICHEL. Cravate ?

JOSEPH. Et comment, avec ta sœur ! Dis-lui que tu n'en as pas apporté, ça va la rendre folle.

Michel acquiesce.

Arrive Primo Ghirardi qui s'assoit à la table d'à côté.

MICHEL. Il y a des filles d'après toi ?

JOSEPH. Où ?

MICHEL. Ici.

JOSEPH. M'étonnerait.

MICHEL *(à Primo)*. Vous avez vu des filles, monsieur ?

PRIMO. Je viens d'arriver.

MICHEL. Seul ?

PRIMO. Non, non.

MICHEL. Pas mal.

JOSEPH. Pourquoi tu dis *pas mal* ?

MICHEL. Pas mal...

JOSEPH. J'ai remarqué que tu disais souvent *pas mal*, fais attention.

Arrive Olga.

Elle fait du bruit en marchant à cause d'une superposition de colliers mi-élégants, mi-artisanaux.

OLGA. Joseph, on ne peut absolument pas être à Évian et ne pas appeler les Kreutz !

MICHEL. Qui est-ce ?

OLGA. Un couple d'amis. Une très gentille fille qui admire beaucoup Jascha, son mari ne vaut rien.

JOSEPH *(faussement embêté)*. Tu sais qu'il y a un problème pour ce soir... ton frère n'a pris ni cravate, ni... tu n'as pas pris ton costume non plus ?

MICHEL. Non.

OLGA. Ça ne marche pas.

MICHEL *(à Joseph)*. Tu l'as mal fait.

OLGA. De toute façon, si ça t'amuse d'aller applaudir ton neveu en romanichel, c'est toi que ça regarde.

JOSEPH. On arrive quand même à l'énerver !

OLGA. Joseph, nous devons appeler les Kreutz, si on ne le fait pas, Lulu va penser qu'on les snobe.

JOSEPH. On a un bidet dans notre salle de bains ?

OLGA. Oui.

MICHEL. Je viendrai.

JOSEPH. Il va venir se laver le cul chez nous.

Ils rient.

Olga jette un coup d'œil gêné vers Primo qui consulte un prospectus.

MICHEL *(il attire à lui Olga et l'embrasse)*. Viens que je t'embrasse... C'est quoi ce goût ?

OLGA. Quoi ce goût, c'est mon parfum !

JOSEPH. Mon vieux, depuis quarante-trois ans, je bouffe du cosmétique. Et si un jour je meurs, j'aimerais que tu graves sur ma tombe : « Mort, intoxiqué par sa femme. »

Arrive Anna, qui se penche vers Primo et l'embrasse.

ANNA. Je suis en retard...

PRIMO. Voilà où je t'emmène. *(Il montre sur le prospectus.)*

ANNA. Merveilleux.

PRIMO. *Andiamo* ?

Primo se lève pour payer sa consommation quand surgit Jascha.

MICHEL. Jascha !

JASCHA. Voilà, voilà !... On a dépassé un peu... Tout va bien ?... Oh, madame Ghirardi ! Vous êtes là aussi ? On ne se quitte plus, je ne savais pas que vous étiez descendue dans cet hôtel... Madame Ghirardi, violoniste, monsieur et madame Steg, mes parents, Michka Mazelsky, mon oncle, alors vous êtes ici ? Je croyais que l'orchestre était au Centre international de séjour, tant mieux, tant mieux, c'est mieux ici, calme, jolie vue, joli jardin... *(à Primo)* Jascha Steg, enchanté.

ANNA. Mon mari.

PRIMO. Primo Ghirardi. Je suis très heureux de vous rencontrer, je vous admire depuis longtemps.

JASCHA. Merci... *(Aux parents.)* Tout va bien ?...

OLGA. Tout va très bien mon chéri.

JOSEPH. On a faim.

JASCHA. On y va. *(À Primo et Anna.)* Vous déjeunez avec nous ? Dites oui.

ANNA. Non merci, nous avons déjà retenu...

MICHEL *(à Anna).* Vous jouez dans le même concert ?

ANNA. Oui. À une place beaucoup plus modeste.

JOSEPH. Très important l'orchestre. Fondamental.

ANNA. Je vous remercie.

JOSEPH. Fondamental.

PRIMO. C'est mon avis aussi.

JASCHA. Vous allez où ?

PRIMO. Là. Au Chalet du Golf. *(Il montre le prospectus.)*

JASCHA. Au Chalet du Golf, nous aussi !

PRIMO. Vous êtes en voiture ?

JASCHA. Oui, oui.

PRIMO. Alors, à tout de suite ?

JASCHA. À tout de suite.

Jascha regarde Anna avec une joie triomphante.

Anna tue Jascha du regard.

Elle quitte la terrasse avec Primo.

OLGA. Tu es sûr qu'on doit déjeuner avec eux ?

Cette femme a envie de rester en tête à tête avec son mari.

JASCHA. Mais le mari veut déjeuner avec moi. Il veut frayer avec le génial Jascha Steg.

JOSEPH. Intéressante cette violoniste. Elle a un visage intéressant.

OLGA. Joseph, il faut à tout prix appeler les Kreutz.

JOSEPH. Oui. Il faudra que tu m'en reparles d'ailleurs.

OLGA. Pourquoi ?

JOSEPH. Parce que j'ai tendance à oublier que tu me l'as dit.

Elle le tape.
Ils se lèvent.

SÉQUENCE 5

Treize heures. Le Chalet du Golf.
Le restaurant du Club Royal est « sportive-

ment » chic, clair et intime. Les fenêtres, largement dispendieuses de lumière, donnent sur la pelouse parfaite et une forêt en contrebas. Les tables, recouvertes de nappes blanches, sont alignées verticalement le long des baies.

Primo, de face derrière le buffet, finit de remplir deux assiettes.

(On entend *off* la voix d'Olga qui parle d'un marchand de glaces à Varsovie.)

Il se dirige vers la table où sont assis Olga et Joseph, Jascha, Anna et Michel.

Jascha est en face d'Anna.

Lorsque Primo dépose l'une des deux assiettes devant Joseph, les autres ont déjà entamé leurs hors-d'œuvre.

JOSEPH. Aah, il m'a mis des concombres !...

OLGA. Écoute, ce n'est pas grave, mets-les sur le bord !

JOSEPH *(à Primo)*. Vous n'avez pas vu d'artichaut, non ?

PRIMO. Je n'en ai pas vu mais je peux demander.

OLGA. Asseyez-vous monsieur Ghirardi, c'est parfait, c'est idéal.

JASCHA. ... La dernière fois que j'ai mangé ici, c'était avec une journaliste néerlandaise... Je lui ai dit que je haïssais le public, que je haïssais tout ce qui était concert ou récital... Qu'il n'y avait rien de pire que de devoir plaire de telle heure à telle heure, devoir remplir le silence de telle heure à telle heure, mais que malheureusement, contrairement à Gould, je n'arrivais pas à vendre mes disques sans faire de promotion... On avait un interprète, la journaliste pensait qu'il y avait un problème de traduction !

Tout le monde rit.

PRIMO *(aussitôt)*. Je comprends très bien ce que vous dites. Je le comprends tout à fait. Au fond, il y a une sorte d'archaïsme dans le concert aujourd'hui.

JASCHA. Ah, oui ?...

PRIMO. Vous n'êtes plus *sacré* puisqu'on peut vous entendre autrement. Vous êtes devenu une attraction comme une autre.

JASCHA. Pas tout à fait comme une autre monsieur Ghirardi...

PRIMO. Non, enfin je... bien sûr... vous comprenez ce que je veux dire...

JASCHA. Oui, oui, j'avais compris...

PRIMO. Le contact qu'il peut y avoir entre l'artiste et l'auditeur n'est pas de l'ordre de l'annoncé mais... comment dirais-je... du saisissement...

Joseph l'écoute gravement, la bouche acquiesçante, tenant machinalement dans sa main une tranche de concombre.

PRIMO. Ça n'a rien à voir avec une démarche culturelle, c'est une rencontre fortuite, sensuelle...

JASCHA. N'est-ce pas. *(Coup d'œil sur Anna.)*

ANNA. Primo...

PRIMO. Non mais c'est vrai. Tu vois, nous sommes d'accord. Moi je suis un fanatique du disque...

Anna lui caresse gentiment la main pour l'arrêter.

PRIMO. ... Enfin voilà.
Au fond, le vrai drame de l'artiste aujourd'hui, c'est qu'il est esclave du nombre.

JOSEPH. Moi j'ai fait toute ma carrière avec le nombre.

MICHEL. Ah oui ! Ça ! Il a vendu des millions de pyjamas hideux à des pauvres.

JOSEPH. Hideux non... pas beaux... Ils grattaient.

Rires.
Joseph croque la tranche de concombre.
Jascha sert du vin blanc à Primo.

JASCHA *(à Primo)*. À votre santé.

PRIMO. À vous surtout. Et à ce soir, malgré tout !

MICHEL *(à Joseph)*. Tu manges du concombre finalement ?

JOSEPH. Et merde ! Donne du vin pour laver.

SÉQUENCE 6

Un chariot d'acajou verni, rehaussé de globes en argent, circule entre les tables et s'immobilise devant celle de Jascha.

Un maître d'hôtel aux gestes étudiés soulève les couvercles et entreprend de faire flamber des crêpes arrosées de Grand Marnier.

Un serveur dispose les assiettes devant chaque convive.

Le maître d'hôtel fait signe à un autre pour le vin, un vin blanc de dessert que l'on présente à Jascha qui acquiesce.

On sent toute l'importance de Jascha dans la façon dont se déroule ce rituel.

Assis près de la fenêtre, Primo et Michel poursuivent une conversation à part. Primo dessine sur un morceau de papier des formes indistinctes (serpents, grenouilles ?).

PRIMO. C'est la grenouille rousse, la Rana temporaria.

MICHEL. Oui.

PRIMO. La Rana temporaria... oubliez. Elle est très très belle, seulement elle est très menacée... parce que... surtout en France d'ailleurs...

ANNA. ... Votre frère est fichu.

OLGA. Ça lui plaît, ça lui plaît, c'est un scientifique, vous savez.

ANNA. Mais comment se fait-il que vous n'ayez pas d'accent ?

OLGA. Parce que Michel est né avec une déformation à la hanche, ce qui est souvent le cas chez les nourrissons.

Anna rit, interloquée.

JOSEPH. On en a pour des heures ! *(À Jascha.)* Tiens, ça marche plus, tu peux réparer ? *(Il lui tend ses lunettes dont une branche pend lamentablement.)*

OLGA. À l'époque, on opérait à Paris pour ce genre de chose. Ma mère a pris le train avec mon frère et moi je suis restée avec Papa. C'était la fin du mois d'août 1939. Nous étions juifs...

MICHEL *(poursuivant sa conversation avec Primo).* J'ai lu dans un journal qu'il y a un Sud-Africain, je crois, qui est capable de distinguer les coassements de vingt-cinq espèces différentes de grenouilles, vingt-cinq, sans jamais se tromper... C'est un autodidacte qui a trouvé lui-même, tout seul...

PRIMO. Ah ! Picker... Pikersgill !

MICHEL. Pi... Picker... Ah, voilà... Vous le connaissez ?

PRIMO. L'Hyperolius pickersgilli !

MICHEL. Hyper... Hyperolius pickersgilli.

PRIMO. Voilà.

MICHEL. À la seconde espèce, il a donné le nom de sa petite amie, puis ainsi de suite, il dit que c'est la meilleure manière de passer à la postérité...

Durant l'échange entre Primo et Michel, on entend *off* :

OLGA *off.* ... Nous avons dû nous cacher. Ensuite, par chance, nous avons pu fuir à Genève.

ANNA *off.* Et comment vous êtes-vous retrouvés ?

OLGA *off.* Mon père a retrouvé la trace de Michel qui avait été un enfant caché à Nice. Ma mère, que nous n'avons jamais revue, l'avait confié avant d'être arrêtée. Et c'est aussi à Nice que j'ai rencontré mon mari !

JOSEPH. Toutes les femmes me couraient après à l'époque.

JOSEPH *(à Anna, la désignant avec son mari).* Et vous deux, vous vous êtes connus comment ?

JASCHA. Ah oui, c'est intéressant ça ! Comment vous êtes-vous rencontrés, madame Ghirardi ?

Il lui sert du vin. Elle sourit de cette secrète insolence.

ANNA. Dans un gala au profit de la recherche. Un cocktail où je dépérissais à vue d'œil, personne ne me parlait, et puis quelqu'un est venu me dire que j'avais ébloui un zoologiste. Exactement le compliment qu'une femme rêve d'avoir dans sa vie.

Joseph et Olga rient. Jascha l'observe. Elle s'amuse.

JOSEPH. Et ?

ANNA. Je me suis laissé entraîner vers le buffet. Souriant à tous les vieillards que je croisais, car pour moi, j'allais rencontrer Pasteur !
On m'a désigné deux hommes qui discutaient, dont un d'un mètre cinquante, mais par miracle on m'a présenté l'autre. Qui était Primo.
Subitement je me suis dit qu'il y avait quelque intérêt à être une espèce fascinante pour un spécialiste des tétrapodes...

Olga et Joseph sont charmés.

Jascha, légèrement en arrière, la regarde, impassible. Si impassible qu'elle peut tout lire dans ce regard...

Une jeune femme s'est approchée timidement de leur table.

LA JEUNE FEMME *(à Jascha)*. Excusez-moi de vous déranger... Est-ce que vous pourriez me signer ce programme ?...

JASCHA. Oui... Vous vous appelez ?

LA JEUNE FEMME. Nathalie.

Jascha, très vite, se débarrasse de la formalité et rend le programme.

À table, plus personne ne parle.

LA JEUNE FEMME. J'en ai un deuxième, pour un ami si ça ne vous ennuie pas.

JASCHA *(déjà lassé)*. Ah... qu'est-ce que je mets ?

LA JEUNE FEMME. Pour Paul Henri.

JASCHA. Paul Henri... J'espère qu'il est rigolo votre copain, avec un nom pareil !

MICHEL. Et moi, vous ne voulez pas que je signe aussi ? Je mets mon téléphone en plus !

La femme ricane, gênée, et repart. Au fond, l'homme avec qui elle était sourit en hochant la tête, fier et ravi.

OLGA *(à Michel)*. Quelle vulgarité ! Qu'est-ce que tu as besoin...

MICHEL *(à Anna)*. Eh oui, madame ! Cette pauvre Olga a un frère déformé de la hanche et vulgaire.

Tout le monde rit. Sauf Olga.

SÉQUENCE 7

Terrasse en pierre du Chalet du Golf. Soleil mais il fait frais.

Emmitouflé dans un plaid bariolé et « mohairisé », Joseph gît dans une chaise longue, telle une momie.

À côté, chaises longues aussi, Olga et Anna discutent.

Jascha, sur un tabouret devant une table basse où s'amoncellent les vestiges du café, lit le journal.

Derrière, à une table, sérieux, Michel et Primo devant un échiquier.

OLGA *(à Anna)*. Écoutez, je suis vraiment confuse que votre mari nous ait invités... Il n'y a aucune raison !

ANNA. Ça lui fait plaisir.

JASCHA *(qui lève les yeux du journal et fixe Anna)*. C'est très gentil vraiment. Très gentil.

Anna ne répond rien mais ne peut s'empêcher de sourire.

Un temps.

OLGA. C'est très joli cet endroit. Quand je pense que Lulu joue ici, ça doit lui coûter une fortune ! Remarquez, son mari est riche et ne sort jamais.

JOSEPH *(qu'on croyait endormi)*. TRÈS RICHE !

SÉQUENCE 8

Soir.

Hall de l'hôtel.

Arrive Primo. Costume, cravate, pardessus.

Il regarde l'heure. Fait quelques pas. Semble attendre quelqu'un.

Arrive Michel. Costume trois pièces. Élégant manteau trop étroit.

MICHEL. Les Japonais sont sensationnels, ils viennent d'inventer un plastique qui a les mêmes propriétés magnétiques que le fer, le cuivre ou le nickel !... *(Primo hoche la tête pour approuver.)*... Si ça marche on pourra construire des capteurs sur des films extrêmement fins !

Primo approuve gravement. Il offre à Michel une cigarette que tous deux fument scientifiquement.

Arrivent Olga et Joseph. Endimanchés.

OLGA. Vite, vite, vite, on est en retard ! *(À Michel.)* Oh non ! Tu as encore mis ce manteau bleu !... Monsieur Ghirardi, excusez-nous, nous sommes à vous !

PRIMO. La voiture est devant.

Ils sortent dans la précipitation en finissant de s'arranger.

SÉQUENCE 9

Le hall du théâtre.

La caméra glisse entre les colonnes du déambulatoire. Brouhaha. Des gens vont et viennent, se retrouvent, pénètrent dans le théâtre.

SÉQUENCE 10

Soir. À l'intérieur du théâtre. Coulisses du concert.

Bruits d'instruments qui s'accordent.

Tout en haut, dans les cintres, au fond d'une galerie technique qui surplombe la scène, Jascha, en chemise, assis à une table, feuillette nonchalamment un *Penthouse* (propriété probable d'un machiniste). À côté de lui, une bouteille de gin.

Soudain, montant de la scène, un rire.

Jascha se redresse et se précipite vers la rambarde. Il plonge son regard sur la scène.

Anna et une amie violoniste demandent un renseignement au régisseur. Celui-ci leur désigne les étages. Jascha change d'humeur : traverse une passerelle, descend des escaliers de bois en courant, longe une coursive et disparaît.

Anna et son amie arpentent un couloir.

L'AMIE D'ANNA. S'il n'y a pas de clé, j'emmène mon sac sur le plateau, c'est terminé.

Jascha surgit d'une porte en hurlant. Les deux femmes crient de terreur. L'amie s'enfuit, choquée.

Jascha attire Anna sur une passerelle, elle se débat, il tombe, elle s'enfuit, gênée dans sa course par sa robe étroite. Il la poursuit.

Elle arrive dans une partie des coulisses d'où elle ne peut s'échapper. Elle se retourne. Jascha est là.

Il se jette sur elle, l'entraîne de force dans un coin et tente de l'embrasser. Elle se débat, affolée.

ANNA *(parvenue à se délivrer)*. Mais tu es complètement dingue !...

JASCHA. *(Il se jette à ses pieds.)* Complètement. À cause de qui ?

ANNA. Tu vas déchirer ma robe !

JASCHA. Tu crois ? Elle m'a l'air difficile à entamer.

ANNA. Si quelqu'un te voit !... N'importe qui peut te voir !...

JASCHA. Et alors ?

ANNA. Lâche-moi...

JASCHA. Non.

ANNA. Mais qu'est-ce que tu espères !

JASCHA. Tout.

Jascha est vautré à ses pieds dans une position grotesque ; il a agrippé la moitié de la jupe longue dans ses bras et embrasse les escarpins.

JASCHA. J'adore tes pieds, tes petits pieds si étroits...

ANNA. Prends une voix plus bête encore.

JASCHA. Si tu fais un pas de plus, je dis ce soir même à ton mari que tu as accepté que je te pisse dessus un jour.

Il la lâche.

ANNA. Comment peux-tu être si ignoble ! Tu as bu ! Tu es ivre mort, c'est la seule explication possible ! Tu vas jouer ivre mort ? !

JASCHA. Pourquoi, ce n'est pas vrai ?

ANNA. Demande pardon, demande pardon ou je casse le violon sur ta tête !

Toujours à genoux, il la saisit à nouveau en lui entravant complètement les jambes.

Anna tente vainement de se dégager.

JASCHA. Pardon, pardon vizir chéri, ara de la nuit, duègne adorée pardon...

Apparaît un clarinettiste, exaspéré d'inquiétude.

LE CLARINETTISTE. Anna !! On rentre !!...

ANNA. J'arrive !... *(À Jascha.)* Tu es ivre mort, qu'est-ce qu'on va faire ?

JASCHA. Relève-moi.

Anna le bat, il ne réagit pas. Au contraire, il enfouit sa tête plus avant dans sa robe.

ANNA. Demande pardon pour de vrai, dis je suis ignoble et je regrette.

JASCHA. Je suis ignoble et je regrette.

ANNA. Tu ne le penses pas.

JASCHA. Non.

ANNA. Ohhh...

Jascha la soulève et fait quelques mètres à genoux en l'enserrant. Elle se débat comme une folle, impuissante.

JASCHA. Dis-lui que tout est perdu dès l'origine, dis-lui que tout ce qu'on aime est perdu... Il m'admire, je suis un Dieu pour lui.

ANNA. Tu rêves, il se fout de ton artisanat, il se fout de ta connerie de carrière !

Elle parvient à se dégager. En fait, c'est lui qui desserre l'étreinte.

JASCHA. Anna, écoute, écoute, ce soir je joue pour toi... chaque note sera pour toi...

Il avance en rampant à genoux.

Elle recule en arrangeant sa robe qu'il a complètement chiffonnée.

ANNA. Tu en es là !

JASCHA. Où j'en suis ?

ANNA. Jouer pour moi – Jascha Steg ! Quelle chute !

Elle s'enfuit, le laissant par terre.

Il réfléchit deux secondes. Relève la tête. Effectue encore à genoux une figure de torero. Et dans le même mouvement se relève, puis part en esquissant un mouvement dansé.

Il disparaît derrière un portant.

La caméra remonte le long d'un cordage.

On entend les premières mesures du mouvement lent du *Concerto pour violoncelle* de Schumann.

SÉQUENCE 11

Le plafond rococo du théâtre. La caméra descend lentement sur les balcons, les loges, l'orchestre.

Dans la pénombre de la salle, Olga et Joseph écoutent leur fils, fiers et heureux.

SÉQUENCE 12

Nuit.

On entend toujours l'Andante du *Concerto* de Schumann.

Olga et Joseph, en manteau de soir (comme on les a vus dans la séquence 8), marchent côte à côte sur la promenade déserte qui longe le lac.

Des petits réverbères jalonnent la jetée, de sorte qu'ils passent sans cesse de l'ombre à la lumière.

Lorsqu'on s'approche d'eux, la musique s'éteint.

Comme le font souvent les personnes âgées, ils s'arrêtent pour parler, repartent et ainsi de suite.

JOSEPH *(après un temps)*. Comme il a bien joué...

Si je meurs demain, je pourrai me dire mon fils a bien joué.

OLGA. On dirait que ça te contrarie.

JOSEPH. Oui. C'est pas bon.

OLGA. Qu'est-ce que tu racontes !...

JOSEPH. On joue comme ça au soir de sa vie, Olga. C'est un jeu crépusculaire. Ce n'est pas le jeu d'un homme jeune.

OLGA. Tu crois ?

JOSEPH. Si beau le Schumann... Le *Prélude* de Bach... Même Casals ne l'a pas joué comme ça... Crois-tu Olga, je vais te poser une question que je ne t'ai jamais posée crois-tu que les morts entendent leurs successeurs ? Crois-tu par exemple, souvent j'y pense, que Beethoven a entendu le *Quintette pour deux violoncelles* de Schubert ?

OLGA. Évidemment.

JOSEPH. N'est-ce pas. *(Un temps.)* Et d'après toi, mon père a entendu Jascha ?

OLGA. Mais oui... *(Elle se serre affectueusement contre lui.)* Ton père. Et Génia... Et mes parents... Même M. Litnick, le pauvre, son premier professeur tu te souviens, que nous avons renvoyé parce que son bras tremblait.

JOSEPH. Il était vieux.

OLGA. Oui.

JOSEPH. Nous ne pouvions pas garder un professeur qui avait le bras qui tremblait...

OLGA. Non...

JOSEPH *(après un silence)*. Tu as vu comme ces cons ont applaudi ?

OLGA. Pourquoi tu dis ces cons ?

JOSEPH. Qu'est-ce qu'ils comprennent ces cons d'Évian ?

OLGA. Ces gens lui ont fait un accueil merveilleux, ils sont émus qu'un grand interprète se produise chez eux. Je déteste quand tu parles comme ça. Au fait, pourquoi tu as dit à la présidente des Rencontres qu'elle avait le même nez que son mari ? Lui a un nez horrible !

JOSEPH. Il faut attaquer, attaquer tout de suite.

OLGA. Pourquoi attaquer ? Qu'est-ce qu'ils t'ont fait ?

JOSEPH. Créer une atmosphère, c'est ça qui compte. On s'emmerde dans ces cocktails.

OLGA. Ça m'étonne de toi qui es gentil garçon.

JOSEPH. Tu as raison. D'ailleurs sur mes vieux jours je vais tenter de respecter les dix commandements. Sauf « tu ne tueras point », celui qui m'attire le plus. *(Ils rient.)* Tu as froid ? Colle-toi, viens.

Sur la promenade, ils sont seuls.

Juste le clapotis du lac. Le vent, un peu.

Quelques points lumineux. Et la nuit grande et noire.

OLGA. On a eu tort de venir.

JOSEPH. Tu trouves aussi ?

OLGA. On ne sert à rien. On le gêne.

JOSEPH. Il ne m'a même pas demandé ce que je pensais du concert.

OLGA. Il n'a pas osé. Il attend que tu lui dises toi-même.

JOSEPH. Il s'en fout. Il est consacré... On ne s'est pas beaucoup imposés depuis quelques années.

OLGA. Non...

JOSEPH. Qu'est-ce qu'on sait de lui ? Et lui de nous... ?

Silence.

Peu à peu, ils arrivent à un petit ponton sur lequel ils s'engagent.

JOSEPH. Aperçu Lulu dans la salle.

OLGA. Moi aussi. Elle nous cherchait. À la première heure, je les appelle.

JOSEPH. Qu'est devenu M. Litnick ?

OLGA. Il est mort ! Ça fait trente-cinq ans !

JOSEPH. Mais entre-temps. Entre le moment où nous l'avons renvoyé et sa mort ?

OLGA. Je ne sais pas. Je sais qu'il habitait Saint-Denis-Basilique...

JOSEPH. Saint-Denis-Basilique... Et il venait comment chez nous ?...

OLGA. Par le train je crois... Il prenait aussi un autobus.

JOSEPH *(après un temps)*. Saint-Denis-Basilique... Il faisait tout ce trajet mon Dieu...

Il retire son chapeau qu'il place sur sa poitrine.

JOSEPH. Monsieur Litnick... au nom de ce qui est advenu... Merci.

Il lève son chapeau à la nuit et reste un instant comme ça.

OLGA. On rentre ?

JOSEPH. On rentre.

Ils font demi-tour.

SÉQUENCE 13

Nuit.

Couloirs de l'hôtel.

On entend chanter en russe. Le bouton de l'ascenseur clignote.

Les portes s'ouvrent sur Michel et Jascha, plutôt éméchés.

Jascha, toujours en frac de concert, sort. Il porte un petit magnétophone à cassettes.

Michel le suit en fredonnant sa chanson russe. Il tient une bouteille de tequila.

Ils avancent dans le couloir, tout en marchant comme sur un fil de funambule.

MICHEL. Où sont les filles ?... C'est pas mon étage ici... Hé mon coco, c'est pas mon étage...

JASCHA. Marche sur la frise, marche sur la frise !

MICHEL. On aurait dû aller dans ton palace. Il n'y a que des vieux qui dorment ici.
Tu crois que j'ai une chance avec la barman ?

JASCHA. C'est un légume. Femme inodore, chatte sans goût. Pas de joie.

MICHEL. Tu t'en fous de la chatte. Tu l'encules. *(Ils rient.)* Où est-ce qu'on est ?

JASCHA. Chez les Ghirardi.

MICHEL. Tu veux réveiller les Ghirardi ?

JASCHA. Marche sur la frise !

MICHEL. Tu sais ce qui m'éloigne de Dieu ? On ne peut pas le combiner aux femmes. J'ai marché sur les volutes jaunes.

JASCHA. Dis je regrette deux fois.

MICHEL. Je regrette, je regrette.

JASCHA. Conjure en faisant un entrechat sur le rouge... Sans toucher la plinthe ! Sans toucher la plinthe !!...

Michel s'exécute.

MICHEL. Souplesse, tu as vu ? *(Il boit au goulot.)*

JASCHA. C'est là.

MICHEL. Tu vas frapper ?

JASCHA. Je retourne au bout du couloir... *(Il prend la bouteille et boit.)* Si je cours sur la frise les yeux fermés, sans piétiner les volutes, je frappe.

Jascha retourne au bout du couloir.
Il ferme les yeux et se met à courir.

MICHEL. Volutes ! Volutes !

JASCHA. *(Il ouvre les yeux.)* Merde !

MICHEL. Il est con ce couloir.

JASCHA. Il est con.

MICHEL. On aurait dû aller dans ton palace. J'ai trop bu.

JASCHA. Tu vas dégueuler ?

MICHEL. Je vais dégueuler sur les volutes... *(Ils rient.)* L'autre jour, j'ai eu un malaise dans un restaurant chinois. Ils m'ont foutu des senteurs sous le nez, des conneries qui sentent le rat pourri au lilas, des chiffons brûlants qui t'abrasent la gueule, un type m'a traîné dehors, j'ai gueulé : « Je ne peux pas vomir rue de Ponthieu !! »... *(Ils rient.)* Tu penses à la mort de temps en temps ?

JASCHA. Tous les jours.

MICHEL. Bravo. Tu me fais plaisir.
Excuse-moi, mais je m'assois un peu...

Il s'assoit par terre, contre le mur à la croisée des couloirs.

MICHEL. Qu'est-ce que tu trouves à cette violoniste ? Elle est zéro. On aurait eu du Fernet Branca dans ton Royal Club.

JASCHA. Tu les trouves assortis ?

MICHEL. Non... Lui me plaît.

JASCHA. Il est très laid, non ?

MICHEL. C'est bon pour un homme. Les femmes aiment les laids, c'est connu. Prends une jolie femme, tu la verras toujours affublée d'un laid. Tu l'as connue où ?

JASCHA. À Vienne. *(Il s'assoit par terre à côté de Michel.)* Tu sais ce qu'il fait son mari ?

MICHEL. Zoologiste, il m'a fait un cours au déjeuner. Prof au Muséum d'histoire naturelle. C'est quelque chose ça mon coco.

JASCHA. Mais tu sais ce qu'il fait ?

MICHEL. Qu'est-ce qu'il fait ?

JASCHA. Il chasse les grenouilles.

MICHEL. Oui, il chasse les grenouilles.

JASCHA. Il chasse les grenouilles !

MICHEL. Pas mal !

JASCHA. Il chasse les crapauds en Asie. Tout ce qu'elle a trouvé. Un type qui court après les crapauds dans la forêt vierge.

MICHEL. Le monde est constellé de femmes et toi tu vas chercher celle-là avec un mari tordu.

JASCHA. Au fait, tu en es où avec...

MICHEL. Nicky Elbaz ?

JASCHA. Nicky Elbaz.

MICHEL. Ne prononce plus jamais ce nom.

SÉQUENCE 14

Nuit.

Hôtel.

Anna et Primo dans leur chambre. Anna, en robe de chambre, se démaquille.

Primo, en pyjama, couché, lit un magazine de géographie.

ANNA. Tu as vu comme je vieillis ? Tu ne trouves pas que mon menton se flétrit ?

PRIMO. Mais non...

ANNA. Mais regarde-moi ! Tu dis non sans regarder.
Je n'avais pas ces rides avant, je n'avais pas cette boursouflure... Tu vois, de trois quarts, j'ai presque des bajoues...
J'ai pris un coup de vieux, je ne sais pas pourquoi j'ai pris un coup de vieux comme ça si vite, j'avais l'air beaucoup plus jeune à Saint-Rémy chez les Lassker...

PRIMO. Mais non...

ANNA. Tu trouves que j'ai des bajoues ?

PRIMO. Pas du tout...

ANNA. J'étais d'une grande beauté là-bas.

PRIMO. C'est vrai...

À l'intérieur du magazine, se trouve une carte de géographie que Primo déplie avec application.

ANNA. Tu vois, tu le reconnais toi-même, j'ai vieilli d'un coup, d'une manière hideuse. Et toi, tu t'en fous.

PRIMO. Je ne m'en fous pas, mais je suis en train de lire un article sur la mer d'Aral...

ANNA *(après un silence)*. Tu préférerais que je meure ou que la mer d'Aral disparaisse ?

PRIMO. Arrête Anna...

ANNA. J'ai détesté cette intervention que tu as faite au déjeuner.

PRIMO. Quelle intervention ?...

ANNA. Sur l'archaïsme des concerts ! C'est nouveau cette théorie, c'est d'une bêtise !

PRIMO. Pas du tout. Et d'ailleurs, il était de mon

avis. Ce qui est surprenant, car en général ce genre de type aime se démontrer.

ANNA. Il se foutait de toi.

PRIMO. Mais pas du tout ! Tu crois toujours que les gens se foutent de moi !

ANNA. Si tu me rencontrais, je te plairais ? Si tu me rencontrais aujourd'hui ?

PRIMO. Mon amour, tu es belle, tu es jeune, tu as... Tu as des yeux magnifiques, je te trouve beaucoup plus belle qu'il y a dix ans.

ANNA. Tu mens. Tu mens pour être tranquille. Tu préférerais que je te quitte ou que la mer d'Aral disparaisse ?

PRIMO. Je préférerais que toutes les mers du monde soient asséchées.

ANNA. Voilà ce qu'il faut dire !

PRIMO. À condition que tu me laisses finir ce reportage.

Elle lui arrache le journal et le jette à l'autre bout du lit.

PRIMO. Anna, écoute, il est une heure du matin...

ANNA. Et à une heure du matin, un homme normal lit un article sur la mer d'Aral ? ! Tu vois bien que je suis au désespoir et tu préfères t'intéresser aux malheurs des journaux.
À Évian !

PRIMO. J'ai tort. J'ai tout à fait tort.

ANNA. Tu as trouvé que ce soir j'étais moins belle qu'à Saint-Rémy ?

PRIMO. Plus belle.

ANNA. Dans l'orchestre, je suis la mieux de l'orchestre ?

PRIMO. Ce n'est pas difficile.

ANNA. C'est très difficile. Il y a une altiste qui est ravissante. Une Yougoslave de toute beauté.

PRIMO. Ah bon.

Primo rapatrie prudemment son magazine.

ANNA. Ne dis pas que tu ne l'as pas remarquée. Et si vraiment tu ne l'as pas remarquée, c'est encore plus grave. Tu ne regardes plus les femmes ?

PRIMO. Si, si.

Primo rouvre sans bruit sa revue.
Anna s'observe dans la glace de l'armoire.

ANNA. Et au cocktail, j'étais comment ? Tu ne trouves pas que ce tailleur bleu m'engonce ? Je n'ai plus de cou !

PRIMO *(toujours très calme)*. Tu as conscience d'être un petit peu folle ce soir, non ?

ANNA. Tu ne me dis jamais rien ! Comment veux-tu que je sache si je suis bien ou pas bien ? Un jour, un homme me dira vous êtes merveilleuse, vous avez un charme inouï, et je partirai avec lui.

PRIMO. J'en profiterai pour étudier l'ensemble des mers polluées.

ANNA *(elle rit, puis gémit)*. Je suis malheureuse !

PRIMO. Mais pourquoi veux-tu à tout prix être belle ? Belle, ça ne veut rien dire, l'important est que tu me plaises !

ANNA. Oh !... Tu as dit le pire ! *(Elle le bat, il rit.)*

Il la renverse sur le lit, la bloque joyeusement, lui fait des niches.

Elle se blottit tendrement contre lui ; il l'enlace et, de l'autre main, reprend son journal.

Ils restent ainsi, lui dans la mer d'Aral, elle pensive dans ses bras.

SÉQUENCE 15

Nuit.

Couloir de l'hôtel.

On retrouve Michel et Jascha tels qu'on les a laissés dans la séquence 13.

Pendant le court dialogue qui suit, Jascha sort de sa poche une cassette qu'il observe et met dans l'appareil qu'il transportait. On entend très faiblement les premières mesures du mouvement lent du *Concerto pour violoncelle* de Schumann.

Jascha écoute un instant puis appuie sur avance rapide.

MICHEL. Tu sais que chaque matin, quand je me lève, j'enfile ma chaussure droite, puis j'enfile ma chaussure gauche, je lace la chaussure gauche et ensuite, je lace la droite.

JASCHA. Ah bon ?

MICHEL. Tradition mon vieux. Tradition juive.

JASCHA. Et si tu as des mocassins ?

MICHEL *(il hoche, navré)*. C'est un problème. C'est un problème...

JASCHA *(tout en manipulant la cassette)*. Et si tu inverses les chaussures ?

MICHEL. C'est mauvais. Mais pas catastrophique. Le pire étant l'oubli.

Dernières mesures du Schumann. (Le son de la musique qui émane de la cassette doit être le son direct et retransmis comme il a été pris de la salle par un amateur.)

MICHEL. Beau, beau, beau !...
Tu sais que personne, de toute la salle, n'a pu ignorer qui étaient tes parents...

JASCHA *(il stoppe le magnétophone)*. Pourquoi ?...

MICHEL. Pleuré, pleuré, pleuré. Du début jusqu'à la fin.

JASCHA. Les deux ?...

MICHEL. Les deux. Lui, le pire. J'avais honte.

Jascha reste un court instant silencieux. Frappé par ce que vient de dire Michel.

Puis il rit.

MICHEL. Tu ris... Ah ! Je t'envie !...

JASCHA. Tu m'envies ?...

MICHEL. Mais oui ! Tu as tout, mon coco ! Tu as tout toi !... À part la tordue du couloir !...

JASCHA. Je l'ai eue aussi.

MICHEL. Alors qu'est-ce qu'on fout ici ?...

JASCHA *(avec une grande tristesse)*. Je ne sais plus où je vais, Michel... Je ne sais même plus ce que j'attends...

Michel lève ses deux bras avec un soupir d'impuissance.

Jascha remet l'appareil en marche. Il appuie sur l'avance rapide jusqu'à ce que le *Concerto* de Schumann cesse et qu'on distingue les applaudissements. Il arrête et met sur « play ».

Jascha écoute tous les applaudissements, sans bouger, longtemps.

Dans le même temps, Michel s'est collé à lui, la tête penchée, la bouteille entre les jambes, et écoute aussi ce grondement presque absurde jusqu'à ce que la longue ovation se transforme en un murmure étonné et religieux.

Commence le Prélude de la *Deuxième Suite pour violoncelle* de Bach.

Jascha augmente le volume.

Pendant tout le Prélude, la caméra, très basse, avance lentement vers Michel et Jascha jusqu'à isoler Jascha, pénétrant presque dans son visage.

Jascha est impassible. On ne sait s'il est heureux ou malheureux de ce qu'il entend.

On doit simplement sentir, à la manière qu'il a de s'écouter, qu'il cherche à saisir quelque chose de sa propre interprétation.

Puis la caméra repart doucement vers la gauche, dans l'épaule de Michel, sans quitter Jascha.

Au fond, la découverte du couloir.

Une porte s'ouvre sur une silhouette féminine un peu floue.

Anna, hésitante, referme la porte et s'avance.

Pieds nus, en robe de chambre, elle s'arrête devant eux et écoute.

Jascha la regarde sans bouger.

Après un temps :

JASCHA. Madame Ghirardi, je savais que vous viendriez, je savais qu'au bout de mon archet il y avait vous... Votre mari dort ?

ANNA. Mon mari lit le journal.

JASCHA. Viens au Royal avec moi. Maintenant.

Elle le regarde, désorientée et indécise.

Il se lève précipitamment.

Il lui prend la main et l'entraîne en courant vers l'ascenseur.

En appuyant sur le bouton, il l'embrasse. Elle se laisse faire.

L'ascenseur arrive, ils y pénètrent tous deux sans se lâcher.

SÉQUENCE 16

Dans la cabine, ils s'embrassent avec une passion démesurée tandis qu'il appuie sur le rez-de-chaussée.

Elle répond à sa fougue.

Quand l'ascenseur s'arrête, subitement elle reprend conscience et, complètement affolée, se dégage de lui et appuie désespérément sur le bouton du quatrième. Il tente de l'en empêcher. Ils se battent.

ANNA. Je t'en supplie... je t'en supplie !...

Subitement, à son tour, il se plaque contre un côté de la cabine et la laisse agir.

L'ascenseur remonte. Chacun d'un côté et de l'autre du mur.

La porte s'ouvre.

SÉQUENCE 17

Anna sort en courant. Mais elle s'arrête presque aussitôt car, en fond de plan, Michel est debout, adossé contre un mur du couloir qui fait face à un petit assemblage de deux fauteuils et d'une table basse.

Olga, en robe de chambre, lui arrange sa cravate.

Joseph est juste derrière, en peignoir blanc.

OLGA *(à Michel)*. Qu'est-ce que tu te mets dans des états comme ça, à ton âge !...

JOSEPH *(il parle quasiment en même temps qu'Olga)*. Quand tu quittes ta chambre, tu dis je quitte ma chambre...

Olga tourne la tête.

Contrechamp sur Anna, arrêtée, interdite.

ANNA *(sourire gêné)*. Bonsoir...

Jascha sort avec lenteur de l'ascenseur.

Il passe à côté d'Anna et la heurte volontairement de l'épaule.

Elle perd légèrement l'équilibre tandis qu'il va s'affaler dans un fauteuil.

Pendant ce temps, on entend déjà la voix d'Olga.

OLGA. Jascha est là aussi !... Tu es là mon chéri ! Tu sais qui vient de téléphoner ? Lulu. Lulu Kreutz. Figure-toi que ton père n'a pas jugé bon de les appeler de la journée, résultat elle a assisté au concert où elle nous a cherchés partout *(englobant Anna dans son récit)*, elle a adoré et veut qu'on la rejoigne au Casino ! *(Elle s'assoit dans l'autre fauteuil.)* Je n'ai pas osé lui dire qu'on était couchés, Joseph a dit qu'il ne voulait pas ressortir, bref elle vient, elle arrive !

JOSEPH *(à Jascha)*. Tu crois que je dois me rhabiller ?

OLGA. Lulu n'est pas du tout bourgeoise. Tu penses, une fille qui fait la bamboula au Casino à deux heures du matin se fiche pas mal que tu la reçoives en peignoir. Dieu merci, elle n'est pas avec Max. *(À Anna.)* Son mari ne lui parle plus depuis le mois de juillet parce qu'elle lui a dit : « Attention, tu vas t'électrocuter » alors qu'il démontait un spot.

JOSEPH. Qu'est-ce qui nous vaut la présence de monsieur Jascha Steg ?... C'est gentil de finir la soirée avec tes parents... *(À Anna.)* Votre mari... dort, le bienheureux ?

Apparaît Primo, pantalon de pyjama et pull.

PRIMO. Qui dort ? Qui est l'insensé qui dort ?

JOSEPH. Insomniaque ? C'est mon ami !

OLGA. Dites oui, monsieur Ghirardi, dites que vous ne dormez jamais, mon mari ne peut fréquenter que des dépressifs.

JOSEPH. Des anxieux Olga. Je n'aime que les anxieux.

MICHEL *(désignant Primo)*. Son pantalon est assorti aux volutes !

JASCHA *(il rit)*. Ah oui !

OLGA. C'est vrai ! Vous êtes assorti à l'hôtel monsieur Ghirardi.

PRIMO. Je suis votre homme monsieur Steg. Tel que vous me voyez – dans ce fondu – je suis une victime de l'anxiété. C'est elle qui m'a conduit dans ce couloir, en quête d'une femme égarée.

MICHEL. Ma vie peut se décrire comme vous dites : errant dans des couloirs en quête de femmes égarées. Je n'en trouve jamais.

JASCHA *(vautré sur le fauteuil, les jambes ballantes)*. Vous étiez égarée madame Ghirardi ?

ANNA. Plus maintenant monsieur Steg. *(Elle se blottit contre Primo.)*

JASCHA. C'est charmant...

JOSEPH. Je suis content de te trouver là mon petit. Venu à Évian, cette transparente localité, pour voir mon fils. Mon fils habite la même ville que moi, mais je ne le rencontre jamais à cause de ses occupations de gloire. Dieu seul sait où les chemins se croisent.

En arrière-plan, la porte de l'ascenseur s'est ouverte.

De dos, une femme, en robe du soir (qui semble en verre pilé tant elle scintille), se repeint les lèvres devant la glace.

Dans le reflet, elle aperçoit la famille, se retourne, crie, mais la porte se referme, l'empêchant de sortir.

Elle disparaît, rappelée d'on ne sait où.

On entend :

LULU *(off)*. Olga !... Olga ?

OLGA. Voilà Lulu... Nous voilà, nous sommes là chérie, nous descendons !... Elle va réveiller tout l'hôtel... Viens Michel, viens...

Elle court vers l'escalier.

MICHEL *(aux Ghirardi)*. Venez, allons-y tous, venez.

JASCHA. Marche sur la frise...

Michel prend la main d'Anna et, en gambadant sur la frise, l'entraîne dans le couloir. Primo les suit.

MICHEL. Marchez sur la frise jeunes gens, nous courons sur les cimes, en dessous il y a l'abîme !...

Comme des personnages sortis d'un tableau, ils disparaissent en courant dans les escaliers.

Il y a quelque chose d'enfantin et d'étonnamment gai dans ce départ.

Joseph et Jascha restent seuls.

Silence.

JOSEPH. Tu crois que l'eau du robinet c'est de l'eau d'Évian ?

JASCHA. Fifty-fifty, j'ai demandé.

JOSEPH. J'en ai bu. C'est quoi l'autre moitié ?

JASCHA. L'eau du lac.

JOSEPH. Merde alors.

JASCHA *(après un temps)*. C'est le peignoir de l'hôtel ?

JOSEPH. Pas mal, hein ?

JASCHA. Pas mal !

JOSEPH. Coton-viscose, j'ai pris une douche, je suis plus mouillé qu'avant.

JASCHA. Tu n'en vendais pas des similaires dans le temps ?

JOSEPH. Si, si, c'est moi qui les importais ceux-là. Et dire qu'on s'est emmerdés avec ce modèle !

Le surjet du col, on a acheté une machine spéciale au Portugal. C'est de la merde, mais ça m'a fait plaisir d'en revoir un. Alors je le porte. Car il faut porter ses œuvres.

Ils rient.
Silence.

JOSEPH. Ça va ?

JASCHA. Ça va.

JOSEPH. Pas l'air.

JASCHA. Ça va, papa.

Il se lève.
Silence.

JOSEPH. Tu as joué comme un vrai juif.

JASCHA. Ah oui ?

JOSEPH. Oui. Tu as joué de loin.
Tu as joué de loin mon petit... Tu as joué « comme venu des lointains »... *(Ils se sourient à cette résonance secrète.)* Paré à affronter Lulu ?...

Ils partent.

SÉQUENCE 18

Nuit.

Dans un des recoins-salons du hall de l'hôtel, sont assis Olga, Lulu Kreutz, Primo et Anna, côte à côte sur un canapé, et Michel dans un fauteuil-club.

Tout est désert, aucun personnel à l'horizon.

OLGA *(à Lulu)*. Au fait, comment va cette pauvre Gigi ?

LULU. Mal.

OLGA. Non ?

LULU. Si.
Tu sais qu'ils se sont retirés à Crans. Je l'ai eue au téléphone avant-hier, elle me dit : « Il fait un temps de cochon, heureusement que j'ai mon petit Emilio », c'est un Espagnol qui l'aide à défaire des cartons, je lui dis : « Et Vova ? » « Vova est devenu adepte de Gurdjieff, heureusement que j'ai mon petit Emilio, enfin tu sais

avec ce qu'il se passe dans le monde, on est quand même mieux à Crans qu'à Évian, mais heureusement que j'ai mon petit Emilio ! », elle m'a dit vingt fois en deux minutes de conversation : « Heureusement que j'ai mon petit Emilio », mais toi Olga tu es très en forme chérie, limpide, lavée, tu rajeunis on dirait qu'est-ce qu'il se passe ?...

OLGA. Vova est devenu adepte de Gurdjieff ?

LULU. Oui, ça nous manquait encore. Enfin tu sais, il a toujours été plus ou moins illuminé. Quel concert ! *(Aux Ghirardi.)* Vous étiez au concert ?

OLGA. Elle jouait Lulu ! C'est une violoniste de l'orchestre !...

LULU. Eh bien c'est un compliment. Quand on écoute, on ne regarde pas, n'est-ce pas ? La musique n'est pas un spectacle.

ANNA Vous habitez Évian ? J'aime bien cette ville

LULU. Oui. Mais vous savez madame, lorsque le ciel est bas et gris, et que la saison est morte, il faut avoir une joie en soi...

Arrive Joseph, suivi de Jascha.

LULU *(intimidée en voyant Jascha)*. Oh, vous êtes là...

Jascha s'approche d'elle, lui baise la main sans un mot, puis va s'asseoir sur le dossier du siège de Michel.

JOSEPH. Comment vas-tu, inénarrable Lulu ? *(Ils s'embrassent.)*

LULU. Je vous sors du lit !...

JOSEPH. Exact.

OLGA. Mais pas du tout !... Joseph, Vova est devenu disciple de Gurdjieff.

JOSEPH. Pas étonnant.

OLGA. Pauvre Gigi.

JOSEPH. Il a touché du bois toute sa vie et, dès que quelqu'un disait le mot *j'adore*, il prononçait le chiffre 5. *(À Olga, désignant Michel.)* Ton frère peut finir comme ça avec ses manies. Les juifs aiment s'enticher d'Orientaux. *(À Lulu.)* Alors ? Alors quoi de neuf ? Max ?

LULU. À la maison.

JOSEPH. Parfait. Tu étais au concert ?

LULU *(elle secoue la tête, les yeux mi-clos de pâmoison. À Jascha)*. Je n'ose pas vous féliciter...

JASCHA. Osez.

LULU. C'est fait... Non ?

JASCHA. Merci.

LULU *(après un court instant de gêne)*. Que faites-vous demain ?

OLGA. Rien...

Pendant que Lulu parle, Michel la regarde avec attention.

Jascha s'aperçoit de cet intérêt.

Pour ennuyer son oncle, il le souligne à deux reprises, d'un coup d'œil appuyé allant de Michel à Lulu Kreutz, la tête ostensiblement penchée.

LULU. Si vous permettez, je propose une excursion vers Abondance. Il y a des endroits magnifiques dans la vallée d'Abondance...

Michel repousse Jascha d'une tape discrète.

Jascha s'amuse.

OLGA. Merveilleux !

JOSEPH *(incité par Olga)*. Bon, bon, pourquoi pas ?...

LULU *(à Jascha)*. Vous seriez des nôtres ?

OLGA. J'espère bien !

JASCHA. Oui.

LULU *(aux Ghirardi)*. Et vous ?

ANNA. Non.

JASCHA. Comment non ?

ANNA. Nous devons rentrer.

JASCHA. Monsieur Ghirardi, c'est dimanche !

PRIMO. C'est vrai que nous devons rentrer mais... nous ne sommes pas à quelques heures près... Anna, comme tu veux.

ANNA *(à Jascha)*. Monsieur Steg, nous avons un enfant qui est petit et qui a besoin de nous.

JASCHA. L'important est toujours ailleurs. Ailleurs est la raison sérieuse de la vie. *(Il lui sourit et prend un air navré.)* Bon... Tant pis.

LULU. Plein soleil demain.

PRIMO. C'est beau là-haut ?...

LULU. Ah, très.

JASCHA. Venez.

MICHEL. Venez !

OLGA. Mais oui !

Anna regarde Primo. Primo hoche la tête.

ANNA. Bon.

OLGA *(à Joseph)*. Tu laisseras Jascha conduire.

JOSEPH. Nouveauté de ta mère, elle prétend que je ne sais plus conduire.

OLGA. Je prétends ! Tu reconnais toi-même que tu n'aimes plus conduire. Ceci dit, avec le chat hier, tu as eu un très bon réflexe... On a failli écraser un chat hier soir, mais Joseph a magnifiquement freiné.

JOSEPH. Ça m'aurait embêté d'écraser ce chat. Autant un pigeon, je m'en fous...

LULU. Comment peux-tu dire ça !

JOSEPH. Saloperies les pigeons !... *(Il bâille.)* Bon, mes enfants, s'il est dit que demain nous passons la journée ensemble, moi je vais me coucher...

(Il embrasse Lulu.) Ma petite Lulu, demain nous parlerons.

OLGA. Ne nous en veux pas chérie. Nous ne sommes pas entraînés à ce rythme de vie...

LULU. Non mais je vais rentrer moi aussi...

MICHEL. Vous m'abandonnez ! Déjà ?

OLGA. Méfie-toi de mon frère. N'écoute rien de ce qu'il te dira.

Joseph s'éclipse sur un signe à la cantonade.

Olga embrasse Jascha et prend congé de tout le monde.

Ils disparaissent.

Lulu est entre le départ imminent et la curiosité de rester.

LULU. Je n'aurais pas dû venir...

JASCHA. Mais si Lulu. Au contraire. Alors vous avez trouvé que j'ai bien joué ?

LULU. Oui. Vous m'avez bouleversée dans le Bach.

JASCHA. Tant mieux.

Silence.

ANNA *(elle se lève)*. Primo, allons nous coucher.

Primo se lève.

JASCHA. Monsieur Ghirardi...

PRIMO. Oui ?

JASCHA. Quel est... je me posais la question... Quelle est la finalité de vos travaux ?

PRIMO. Je travaille sur la systématique et sur l'évolution des amphibiens.

JASCHA. C'est ça... Et quelle est la finalité de ce travail ?

Tout en parlant, Jascha récupère la bouteille de tequila qu'il avait dissimulée derrière le fauteuil, et s'en envoie une lampée.

PRIMO. Aucune.

JASCHA. Ah bon. Bonne nuit.

Il tend la bouteille à Michel qui refuse.

PRIMO. Je fais ce qu'on appelle de la recherche fondamentale. Sans but appliqué.

JASCHA *(goguenard)*. C'est ça.

ANNA. Vous parlerez de tout ça demain.

PRIMO. Une recherche plus artistique que scientifique, si vous voulez !

JASCHA *(il rit)*. Ah ! Artistique !... Voilà le secret !

PRIMO. Quel secret ?

JASCHA *(toujours la bouteille à la main)*. Le secret... le secret de votre harmonie. Un couple d'artistes ! Bravo !

ANNA *(à Primo)*. Je suis fatiguée, viens.

Primo esquisse un mouvement pour partir mais revient aussitôt sur ses pas.

PRIMO. Je suis peiné par votre ironie, dans vos sphères, croyais-je, on était sensible à la poésie de la science naturelle, une poésie fragile, secrète, qui demande qu'on tende un peu l'oreille bien sûr... La connaissance n'intéresse plus personne monsieur Steg, aujourd'hui il faut que ça serve, il faut de l'utile, du rendement à court terme, il y a des papillons qui ne servent à rien mais qui sont comme des œuvres d'art, et qu'on va détruire par négligence, tous les jours une ou deux espèces vivantes s'éteignent dans l'indifférence la plus totale, y compris de gens comme vous, les artistes ! Et ce sont des espèces que l'on n'aura jamais étudiées ni même connues, les gens s'imaginent que tout est connu ! Moi je suis prêt à tout pour sauver une espèce complètement inutile, pas belle, et je ne parle pas de la grenouille, je trouve la grenouille d'une grande beauté. Vous ne le savez pas évidemment, mais c'est un animal extrêmement spirituel, émouvant, un nocturne qui chante et danse et se pavane la nuit, comme vous, mais sans publicité...

Il s'arrête d'un coup, comme désorienté par lui-même.

ANNA *(après un silence)*. Eh bien, vous l'avez compris... *(elle sourit)*... Mon mari se passionne pour les grenouilles... *(Elle pousse gentiment Primo vers l'ascenseur.)* Bonne nuit...

MICHEL. À demain !...

Lulu est consternée.
Silence.

MICHEL. Tu souffres ?

JASCHA. Je les hais.
Je hais les couples.
Tu sais ce qu'il lui dit ?... « Un gros veau, ce violoncelliste, il me fait penser au Bratracum jarnica, ils ont le même cou »... Et elle, la conne, elle rit.
Je les hais.

SÉQUENCE 19

Dans l'ascenseur.
Face à face, Anna et Primo.

ANNA. Je déteste quand tu bois. Tu n'as plus aucun charme. Tu fais des discours à tout bout de champ. Tu deviens ridicule, tu te plisses. Tu es laid.

PRIMO. C'est un con, ton violoneux ! Ces types un peu connus sont d'une arrogance ! Tu iras toute seule demain à leur balade. Pas près de me voir demain ce con-là !

SÉQUENCE 20

Plus tard dans la nuit.

Dans le même coin-salon du hall.

Jascha est couché dans le fauteuil où était assis Michel. Il dort, la bouche ouverte, le corps chiffonné.

En face, Michel est venu s'asseoir près de Lulu.

La bouteille de tequila est sur la table avec deux verres dépareillés.

MICHEL. Je fabrique des régulateurs. Régulateurs de température, pression, vitesse... Nous travaillons pour l'aéronautique, l'E.D.F., le Commissariat à l'énergie atomique, c'est nous qui avons équipé le tunnel du Mont-Blanc avec un régulateur de pollution.

LULU. C'est formidable.

MICHEL. Vous connaissez Olga depuis quand ?

LULU. J'étais une fiancée de Joseph... *(Elle sourit.)* La vie déroule les jours à sa guise.

MICHEL. Mais parfois elle fait bien. Elle vous a fait trébucher sur moi.

LULU. Trébucher ?

MICHEL. Oui. Dans la rue, ou n'importe où, vous ne m'auriez pas remarqué. Toujours pressées les femmes, elles ne remarquent pas les hommes attirants. *(Un temps.)* J'ai tout de suite vu que vous étiez timide.

LULU. Non, personne ne le voit jamais. Impossible.

Silence.

MICHEL *(désignant Jascha)*. Il a une suite au Royal, et voilà où il dort.

Pendant qu'ils parlent, la caméra dérive sur Jascha.

Elle glisse sur son corps, des pieds aux chaussettes affaissées, de la poche d'où sort le petit magnétophone, à la chemise débraillée, du nœud-papillon ouvert, pendant, au visage fatigué, endormi dans son amertume.

LULU. Il est seul.

MICHEL. Moi aussi. Vous aussi ?

LULU. Non. Enfin, comment dire, si. Qui n'est pas seul ? *(Silence.)* J'ai peu d'amis monsieur Mazelsky. Je veux dire les amis vrais... Mon mari passe des jours sans rien me dire. De ma chambre, je vois le lac... J'ai trouvé un drôle de mari vous savez. J'ai pitié de lui. *(Silence.)* Jeudi, je suis allée sur la tombe de ma mère à Carcassonne. Ma mère est toute seule au bout d'une allée... Ça m'a fait pleurer de voir cette pauvre tombe. Tous ces gens qui ont vécu et qui n'ont pas été heureux. Vous m'avez tourné la tête avec votre tequila... Je vous connais depuis une heure et je vous parle avec une intimité exagérée...

MICHEL. Vous êtes bonne cuisinière Lulu ?

LULU. Ça me fait bizarre que vous m'appeliez Lulu.

MICHEL. Je ne dois pas ? Qu'est-ce qu'on dit ?

LULU. Non, c'est bien Lulu... Est-ce que je suis bonne cuisinière ?...

MICHEL. Vous savez ce qu'on dit : « Fleurit en cuisine, rit au lit »...

LULU. Ça fait belle lurette que je ne fleuris plus monsieur Mazelsky. Ni en cuisine, ni ailleurs.

MICHEL. Mais quel dommage !

LULU. La vie ne m'a pas ignorée. Je suis sans regret, rassurez-vous.

MICHEL. Vous parlez comme une vieille dame. Belle comme vous êtes, vous n'avez pas honte ?

LULU. Monsieur Mazelsky, trouvez-vous une autre proie car je suis une femme vite décontenancée, et qui de surcroît peut se mettre à rougir bêtement.

MICHEL. Cet hôtel est sinistre. Qui est heureux ici ? Des vieux qui dorment, une moquette horrible...

Michel se lève, se penche vers Lulu, lui prend la main et l'attire délicatement.

MICHEL. Madame Kreutz, la vie déroule ses nuits à notre guise...

Lulu hésite, se lève et se laisse emmener par lui.

Quelqu'un éteint au fond.

Dans son sommeil, l'avant-bras de Jascha glisse sur son front.

On entend les premières mesures du Prélude de la *Deuxième Suite pour violoncelle* de Bach.

On reste sur Jascha, seul dans son fauteuil.

SÉQUENCE 21

Montagne. Jour. Soleil.

Une ligne de télésiège.

Primo et Anna, suspendus, passent devant nous.

Primo porte un sac à dos sur ses genoux.

Anna se retourne en riant. On entend une voix d'homme qui chante en russe.

Apparaissent dans les airs Michel et Lulu Kreutz, eux aussi affublés de sacs à dos. Michel chante et Lulu le regarde, ravie.

MICHEL.
Cocher, ralentis tes chevaux.
Nous n'avons plus à nous presser.
Nous n'avons personne à aimer.
Cocher, ralentis tes chevaux.

La caméra s'éloigne, panote, découvrant, derrière, Joseph et Olga. Puis, fermant le cortège, seul, Jascha.

À part Lulu Kreutz et Primo, tous deux sportivement équipés, ils sont tous en tenues hybrides, mi-ville, mi-campagne.

Le ponton d'arrivée du télésiège (comme vision de Jascha).

Michel, qui vient de descendre, attend sur le terre-plein à droite.

Un peu plus loin, dans les herbes, on distingue Primo, Anna et Lulu qui les rejoint.

Au premier plan, de dos, Joseph et Olga se préparent à l'arrivée.

On sent qu'ils font un effort pour ouvrir l'arceau, mais ils le font tardivement et sans détermination, chacun comptant sans doute sur l'autre.

Dans un bruit de rails et de roulettes, leur siège est entraîné dans le tourniquet.

MICHEL. Qu'est-ce que tu fais ! Qu'est-ce que tu fais !

JOSEPH. Qu'est-ce qu'il faut faire ?

MICHEL. Mais lève !

JOSEPH. Comment ça s'ouvre ? *(À Olga.)* Comment veux-tu que je soulève la barre si tu ne lèves pas tes pieds ?

OLGA. Tout le monde est descendu normalement sauf nous. De quoi on a l'air devant Lulu ?

Joseph et Olga disparaissent un court instant.

Jascha lève son arceau au moment où passent en sens inverse, violemment propulsés, ses parents qui redescendent.

JASCHA. Qu'est-ce que vous faites ? !

JOSEPH *(désignant l'arceau)*. Marche pas.

Olga hoche la tête en signe de fatalité navrée.

La caméra passe dans la nuque de Jascha qui se penche et crie.

JASCHA. Remontez, on vous attend !

On voit Olga et Joseph s'éloigner.

Joseph, qui s'agite encore sur l'arceau, parvient subitement à l'ouvrir.

OLGA. Ferme, ferme, on va tomber ! ! !

JOSEPH. C'est vraiment une connerie, ce truc !

Leur dispute se perd dans la pente.

SÉQUENCE 22

Une pente entourée de sapins.

Sur une nappe beige à carreaux sont disposées toutes sortes de victuailles.

Lulu Kreutz s'affaire sans cesse, régentant le pique-nique avec un enjouement quelque peu solitaire.

Le temps s'est légèrement dégradé et donne aux choses une couleur triste.

Joseph est assis en retrait sur une souche plate.

Les autres, entourant la nappe, mangent ou aident Lulu.

Michel s'escrime sur une thermos moderne au système d'ouverture mystérieux. Il présente l'objet dans toutes les positions sans parvenir à ses fins.

JOSEPH. Il dirige une usine d'électronique et il est incapable d'ouvrir un broc !... Ce qui prouve que la vie est une bouffonnerie, n'importe qui peut arriver n'importe où. *(À Olga.)* Tu me donnes une autre tartine de pechonka ?

OLGA. Tu peux me laisser manger deux secondes ?

JOSEPH. Je suis trop loin sur cette souche !...

OLGA. Mets-toi dans l'herbe.

JOSEPH. Non, je suis isolé ici.

OLGA. Agréable !...

JOSEPH. Isolé des bêtes !

ANNA *(à Lulu)*. Votre pâté est succulent.

LULU. Ce n'est pas du pâté. C'est du foie haché.

Dans un effort surhumain, Michel parvient à dévisser la thermos.

MICHEL. Et voilà !

LULU. Bravo Michel ! Qui veut du thé ?

JOSEPH. Donne... Pourquoi on ne s'est pas mis là-bas ? Ça avait l'air mieux.

LULU. Jascha ?...

JASCHA. Non. Non merci.

Une éclaircie.

La vallée au fond.

On entend des bruits de cloche et des sons éloignés qui parviennent.

Un mulot saute sur une racine et se faufile sous un buisson.

LULU. Oh ! un mulot !... *(À Primo.)* Monsieur le professeur, j'ai vu un mulot !

PRIMO. Eh oui.

MICHEL. Qu'est-ce qu'ils font ?

PRIMO. Qu'est-ce qu'ils font ?... C'est la saison des amours... Ils creusent leur nid.

JASCHA. Où ?

PRIMO. Partout. Sous la terre. Sous les racines. Sous nos pieds.

OLGA. Nous marchons et nous ignorons tout de cette vie.

PRIMO. Oui. L'homme se croit seul.

JOSEPH. Il est seul.

PRIMO. Non.

JOSEPH. Si. Le mulot n'est pas son ami. Pas plus que vos grenouilles. Ces gens se foutent de notre existence.

PRIMO. Parce que nous avons perdu le contact avec eux. Nous vivons en dysharmonie complète avec la nature.

JOSEPH. L'homme est seul, monsieur Ghirardi. L'homme est seul. Le jour où le mulot se sentira seul comme lui, nous reprendrons cette discussion.

MICHEL *(à Anna)*. Mon beau-frère est un rebut de la nature. Il ne peut pas l'aimer !

Anna rit.

Joseph tire à lui un sac à dos par le mauvais côté.

Une dizaine de pommes dégringolent dans la pente.

JOSEPH. Ah merde !

MICHEL. Les pommes !

LULU. Les pommes !

Tout le monde retient les pommes et Primo dévale pour les devancer.

Jascha reste inerte.

Il regarde Primo débordant d'énergie. Il regarde Anna. Elle l'interroge muettement. Il reste sinistre.

SÉQUENCE 23

Un sentier de montagne.

Anna est seule sur un petit promontoire et regarde devant elle.

À moitié effacés par une brume de chaleur, se succèdent les sommets.

Le sentier fait un coude. Arrive Joseph.

Il marche avec difficulté. Il s'est manifestement trop couvert et porte une veste sous son bras.

Il vient près d'elle. Regarde aussi l'horizon.

JOSEPH. Tout ça sera construit un jour.

ANNA. Vous croyez ?

JOSEPH. Naturellement. Vous êtes jeune, vous n'avez pas vu comme moi le monde se parsemer de laideurs. *(Il a manifestement du mal à reprendre son souffle.)* Je suis emphysémateux et Olga me fait marcher !... Au lieu de me faire faire une petite journée de cure puisque nous sommes à Évian. En vieillissant, l'eau chaude m'est favorable. J'aimerais qu'on aille en Islande barboter dans des petits geysers d'eau tiède. Je vous fais rire. J'aime bien votre rire. Un rire viennois, de l'antique Vienne.

ANNA. Votre fils m'a dit la même chose.

JOSEPH. Il a dit viennois ?

ANNA. Il a dit qu'il aimait mon rire. Que mon rire... Je ne peux pas vous le dire !

JOSEPH. Dites, dites.

ANNA *(elle rit)*. Non, non, c'est très indiscret !...

JOSEPH. Mon fils vous dit des choses indiscrètes ?

ANNA. Mais non...

JOSEPH. Mais si !

ANNA. Pas du tout...

JOSEPH. Ma chère, quand on est vieux, on sait lire un visage.

Il la scrute.

La caméra dérive lentement vers Anna.

Les cheveux d'Anna flottent, son visage est balayé par un vent de crête.

Un temps.

ANNA. J'ai connu Jascha à Vienne...

JOSEPH. Ah, vous voyez !... Je vous torture mais je sais tout ça, je sais tout ça depuis l'hôtel, depuis la première minute où je vous ai vue à l'hôtel.

ANNA. Il y a un an. Après une répétition, il a couru derrière moi dans la rue et il m'a dit : « Personne ne peut mettre un foulard comme ça »... J'avais mis un foulard que j'avais acheté en Italie. Avec des fleurs rouges... Il était tellement touchant, monsieur Steg, dans cette rue... Il n'avait rien à voir avec le personnage célèbre... Il était presque timide... *(Elle sourit, gênée.)*

JOSEPH *(il hoche la tête. Après un temps)*. Lulu

Kreutz a été une de mes fiancées. Lulu Monticelli. Jolie fille. Elle a passé la nuit avec mon beau-frère. Pauvre Max. Ah, c'est triste tout ça...

ANNA. Oui, c'est triste.

Il lui prend le bras et l'entraîne.

Ils font quelques pas en silence, très lentement.

JOSEPH. Le succès est un venin. J'ai vu son jeu se détruire au fil des années. *(Ils s'arrêtent.)* Mais hier soir, madame Ghirardi, il n'y avait plus de représentation, plus d'image... Il a joué comme absent du monde... Et vous, qu'est-ce que vous faites avec moi ?... Allez ! Filez le rejoindre !...

Elle reste un court instant, hésitante. Elle a envers Joseph comme une ébauche de geste affectueux, puis file vers l'endroit désigné.

Arrive Primo. Jumelles, appareil photo. Il s'est attardé sur quelques plantes connues de lui seul.

JOSEPH. Vous n'êtes pas agressé par les guêpes, vous ? Moi je suis attaqué depuis tout à l'heure, je ne sais pas ce qu'il se passe.

PRIMO. Vous avez peut-être un parfum sur vous...

JOSEPH. Vous connaissez les guêpes ?

PRIMO. Un peu.

JOSEPH. Je suis allergique aux guêpes. Si je suis piqué, il faut me faire de la cortisone sur-le-champ.

PRIMO. Vous en avez ?

JOSEPH. Olga en a. Où est-elle ? Où sont-ils tous ?

PRIMO. Plus haut.

JOSEPH. Moi je ne peux pas aller si vite, qu'est-ce qu'ils ont à aller si vite ! C'est cette folle de Lulu. Je fais de l'emphysème.

PRIMO. Je reste avec vous.

Ils font quelques pas, puis s'arrêtent.

JOSEPH. Monsieur Ghirardi, est-ce que vous croyez en Dieu ?

PRIMO. Non.

JOSEPH. Comment non ? Dans votre branche, on ne croit pas en Dieu ?... Vous êtes anxieux, vous me l'avez dit hier. L'incroyant est détendu. *(Il s'assoit.)* Vous n'êtes jamais piqué dans vos expéditions ?

PRIMO. Si. On se protège, mais on est piqué.

JOSEPH. Par qui ?

PRIMO. Moustiques, vipères arboricoles... Ça va ?

JOSEPH. Ça va.

PRIMO. Vous êtes pâle.

JOSEPH. Oui ? Je vais peut-être crever à Abondance... *(Il se relève.)* Trouvons Olga.

Ils repartent et s'arrêtent aussitôt.

JOSEPH *(soudain furieux)*. Mais comment un homme sympathique comme vous a-t-il pu me répondre *non* avec cette autorité ! Comment, à la question de Dieu, peut-on répondre *non* avec ce tranchant !

PRIMO. Monsieur Steg, je ne dis pas qu'il n'y a pas de vie éternelle... Mais je ne me sens pas de taille, voyez-vous, à... Je me concentre sur mon infini à moi. Il est profond aussi...

JOSEPH. Oui, bien sûr... Je comprends que ce soit

passionnant, les fourmis et tout ça... C'est gentil de rester avec moi.

PRIMO. J'aime votre compagnie.

SÉQUENCE 24

Plus loin.

Près d'un mazot en bois brûlé par le soleil, Olga arrive. Suivie par Lulu et Michel.

Lulu très « ville d'eaux ». Pantalon blanc de golfeuse.

Ils sont essoufflés.

Olga s'assoit à l'ombre sur un banc de fortune qui jouxte un abreuvoir.

Michel boit.

OLGA. *(à Lulu)*. Tu m'as tuée *(elle reprend son souffle, Lulu s'assoit à côté d'elle)*... mais ce que j'oublie de te dire, c'est que, dans la conception orientale du corps, ce n'est pas la partie malade qui est malade, c'en est une autre, résultat, Joseph a multiplié par deux tous ses maux !... Au bout de six mois, l'asthme a pratiquement disparu mais il s'est mis à tousser comme un tuberculeux. Le sino-biologue a considéré qu'il était en bonne voie de guérison. À chaque séance, il lui donne des petits flacons entièrement écrits en chinois et un régime alimentaire à base de graines de courge. Je me souviens qu'à une époque Joseph ingérait de la bile de serpent, et pour l'état psychique des graines de lotus. Que j'ai mangées aussi car je devenais folle !...

LULU. Tu sais que Vova a commencé comme ça. Joseph se moque de Vova, mais Vova aussi a mangé des graines pendant des années !

OLGA. Je sais. Je sais bien. Qu'est-ce que je peux faire ?...

Depuis qu'Olga parle, Michel a le nez dans l'herbe et semble scruter les mottes de terre. Mettant ses deux mains en coupelle, il s'empare d'un mystérieux insecte qu'il libère sournoisement dans le cou de Lulu.

Elle hurle et se secoue, comme prise de la danse de Saint-Gui.

Michel rit comme un fou.

LULU. C'est quoi ? !... C'est quoi ? ! ! !...

MICHEL. Je ne crois pas que ce soit venimeux !...

Elle le poursuit avec son foulard pour le battre. Tous deux rient.

Olga les regarde avec réprobation.

MICHEL *(fuyant)*. À moins que ça ne ponde des œufs sous la peau, qui vous rongent petit à petit !...

Lulu crie. Elle soulève sa chemise, on voit son dos nu, il la chatouille.

Puis il lui glisse une main coquine sous les fesses. Elle le fuit, honteuse et ravie, en riant.

MICHEL. Lulu de feu ! Qui peut croire qu'Évian-les-Bains recèle pareil tempérament !...

LULU. Qu'il est bête !...

Olga paraît consternée par ce spectacle.

OLGA. Vous semblez bien heureux tous les deux.

MICHEL. Bienheureux, car libres comme l'air !... Pauvre petite sœur mariée à un infirme !

OLGA. Lulu aussi est mariée.

LULU. Je ne m'en souviens pas chérie, aujourd'hui je ne me souviens de rien !...

OLGA. Je vois.

LULU. Une foudre m'est tombée dessus !...

OLGA. Moi jamais aucune foudre ne me tombe dessus...

LULU. Olga, quand tu as épousé Joseph, j'ai pleuré pendant trente jours et trente nuits, et pendant quarante ans le ciel a été gris.

MICHEL. Allons les filles, pas d'abattement ! La vie est sensationnelle !... Michel Mazelsky vous fait un one-step !...

En chantant dans un anglais de son cru, il se met à danser.

Il se fend, rajoute des entrechats, double certains mouvements avec une tête de crooner.

OLGA. Tu vas tomber ! Il va se fouler une cheville !

LULU. Vous savez que nous ne sommes pas capables de vous porter Michel.

OLGA. Pourquoi Joseph n'apparaît pas ?

LULU. Ils sont loin. Je l'ai aperçu avec Mme Ghirardi.

OLGA. Il ne pourra pas monter jusqu'ici. Je vais le rejoindre.

Michel s'arrête, essoufflé.

MICHEL. Elle se croit indispensable. Mais il est très bien avec cette violoniste, laisse-le !

OLGA. Tu veux bien cesser de me régenter.

LULU. Il a raison. Peut-être que tu le couves un peu trop...

OLGA. Je ne le couve pas du tout ! Ça c'est la meilleure !

MICHEL. Tu le couves, tu as couvé ton fils, tu m'as couvé, tu as toujours couvé tout le monde.

OLGA. Vous êtes odieux. D'abord, est-ce qu'une mère n'a pas le droit de couver son fils ? Tu veux me gâcher cette excursion !... Moi, je redescends.

LULU *(en partant)*. Nous venons avec toi. Qui veut une pomme ? Il me reste deux pommes.

OLGA *(sèchement)*. Non merci.

MICHEL. Lancez.

Ils redescendent. Olga marche devant, comme un gendarme.

Lulu lance une pomme à Michel.

Il lui renvoie. Elle lui relance sans oser manifester sa joie.

Michel se moque de sa sœur derrière son dos en imitant sa démarche raidie.

SÉQUENCE 25

Joseph et Primo arrivent devant une clôture en barbelés qui barre le sentier. Presque en lisière d'une forêt.

JOSEPH. Ah merde !...

PRIMO. Nous avons coupé. Nous pouvons retrouver le chemin en remontant...

JOSEPH. Non, non ! Moi, je ne remonte pas !

PRIMO *(soulevant le barbelé)*. Vous vous sentez de passer en dessous ?...

JOSEPH. Oui, oui, j'ai fait ça déjà...

Joseph lance sa veste par-dessus le fil de fer et se met à quatre pattes.

Il avance le nez au ras du sol et les fesses trop hautes.

PRIMO. Baissez-vous ! Baissez-vous !

JOSEPH *(stoppé malgré lui)*. Aâhh ! ! Le cachemire, le cachemire, merde !
Il est foutu ?...

PRIMO. Ne bougez pas ! Ne bougez pas !

Primo, qui tient toujours d'une main le barbelé, décroche de l'autre, avec précaution, le fil du tricot.

Joseph se retourne totalement et reste, immobile sur le dos, soufflant, bedonnant, sous le barbelé que soulève Primo, dans une position de moins en moins confortable.

JOSEPH. Je me sens lourd monsieur Ghirardi, terriblement lourd.

PRIMO. Nous n'aurions jamais dû manger son pâté de foie.

JOSEPH. Je hais les pique-niques, s'il y a une chose au monde que je hais, ce sont les pique-niques.

PRIMO. Transporter du pâté de foie par cette chaleur est criminel. Criminel.

Péniblement, s'aidant des talons, Joseph parvient, à reculons sur le dos, à s'extirper de l'obstacle.

JOSEPH *(il parle tout en rampant)*. Oui... Pauvre Lulu, elle est gentille... elle a fait du pechonka pour me faire plaisir... Elle sait que j'adore ça...

Il se redresse en respirant avec difficulté.
Primo passe le barbelé en l'enjambant.

JOSEPH. Trouvons Olga...

L'œil hagard, d'une démarche trop précipitée, Joseph s'enfonce dans la forêt.

Primo prend la veste de Joseph sous son bras et court derrière lui.

SÉQUENCE 26

Anna contourne les rochers.
Derrière, il y a une étable.
Jascha est dehors, accoudé à une ouverture, de dos, scrutant l'intérieur.
Il se retourne en entendant du bruit.
Il voit Anna et reprend aussitôt sa contemplation des vaches.
Elle vient se mettre tout près de lui.

JASCHA *(après un silence).* Qu'est-ce que tu fais là ?
... Ton mari est tombé dans un ravin ?

ANNA. Oublie mon mari.

JASCHA. Va le rejoindre.

ANNA. Je ne sais pas où il est.

Jascha hausse les épaules.
Un temps.

ANNA. Tu es si distant avec moi depuis ce matin.

JASCHA. Tu voulais que je sois comment ?

ANNA. Comme hier.

JASCHA. Comme hier... J'étais comment hier ?

ANNA. Tu le sais.

JASCHA. Tu veux quoi ? Que je me vautre encore ?...
Je ne suis plus dans la bonne humeur Anna. Il faut une certaine bonne humeur pour ces déploiements.

Silence.

ANNA. Après Évian, tu vas où ?

JASCHA. Au Japon. Si j'y vais.

ANNA. Comment, si tu y vas ?

Il hausse les épaules.

ANNA. Qu'est-ce que ça veut dire ?... Réponds-moi... Qu'est-ce que ça veut dire ?

JASCHA. Ça ne veut rien dire.

ANNA. Et où tu vas, si tu ne vas pas au Japon ?

JASCHA *(geste d'ennui qui signifie tout est possible).* Tu as une proposition à me faire ?...

ANNA. Je ne comprends pas ce que tu me dis.

JASCHA. Ne sois pas ordinaire, Anna. Ne pose pas des questions ordinaires.

ANNA. Pourquoi tu as insisté pour que je vienne aujourd'hui ?

JASCHA. Aucune idée... Une fantaisie... Et pourquoi es-tu venue ?...

ANNA. Aucune idée...

JASCHA. Tu vois.

ANNA. Jascha, on ne peut pas se parler comme ça, c'est absurde.

JASCHA. On se parle normalement, qu'est-ce qu'il y a ?

ANNA. Non.

JASCHA. De quoi veux-tu qu'on parle ?... De cette infernale promenade ?... Du pique-nique de Lulu Kreutz ?...

ANNA. Elle est si heureuse la pauvre... Peut-être que ce soir elle se jettera dans le lac.

JASCHA. Si seulement c'était vrai.

ANNA. Je pourrais m'y jeter aussi.

JASCHA. Je suis fatigué Anna.

ANNA *(elle l'attrape timidement par la manche de sa veste)*. Pardon.

JASCHA. De quoi ?

ANNA. J'ai eu tort hier.

JASCHA. Tu n'as pas eu tort. Tu m'as dit : tout est fini. Soit. On ne peut pas être plus arrangeant.

ANNA. Qui te demande d'être arrangeant !

JASCHA. Je suis comme tu voulais. Va rejoindre ton naturaliste. Tu es libre nez pointu.

Il rentre dans l'étable.
Elle le suit.

SÉQUENCE 27

À l'intérieur, quelques vaches, un tapis de foin boueux, divers objets de ferme.

Jascha tourne le dos à Anna. Il déambule un instant dans la pénombre. Puis il s'arrête.

Anna s'approche de lui et s'appuie tendrement contre son dos.

ANNA *(elle murmure)*. Jascha...

JASCHA. Hmm.

Il se retourne. Colle violemment ses lèvres contre les siennes. Lui prend les cheveux à pleine main. Glisse un bras entre ses jambes et la maintient fermement contre lui comme s'il voulait l'avaler dans son propre corps.

Subitement, sans la lâcher d'un centimètre, il écarte son visage du sien en la tirant brutalement par les cheveux et lui susurre à l'oreille.

JASCHA. Et le petit enfant... ton petit enfant qui a tant besoin de ses parents ?... *(elle tente de se dégager, sans y parvenir)*... c'était nouveau ça hier, le couplet enfant, tu ne me l'avais jamais fait...

Anna arrive à extirper un bras et le frappe.

Jascha l'enserre et arrive à l'immobiliser complètement pendant le dialogue qui suit.

JASCHA. Hou là ! Dès qu'on touche au petit, on risque sa peau !...

ANNA. Arrête...

JASCHA. Je ne t'aime pas Anna...

ANNA. Moi non plus...

JASCHA. Si je t'aimais, je voudrais que tu sois en paix... Si je t'aimais, je n'aurais pas insisté pour que tu viennes aujourd'hui. Je te dirais va... je te suis, où tu veux... loin derrière si tu veux...

Aussitôt il s'en débarrasse, la projetant contre une cloison de bois.

Il se retourne et avance sans but vers les vaches.

Anna se précipite sur lui et le pousse en avant de toutes ses forces.

Surpris, Jascha tombe et s'affale contre une vache couchée.

Il rit et reste avachi contre l'animal.

Anna se saisit de tout ce qu'elle trouve au sol et lui jette dessus. Bouse séchée, brassée de paille. Parmi tout cela, un pied de tabouret cassé, involontairement mêlé au reste.

Jascha prend sa main dans un geste de douleur.

Anna arrête.

ANNA. Je t'ai pété les doigts, tant mieux !

Jascha tient sa main gauche avec un air de grande souffrance.

Anna hésite. S'avance vers lui, s'agenouille et lui prend les doigts... Comme par magie, les doigts se remettent à pianoter merveilleusement...

Elle relève la tête, Jascha lui sourit et la nargue.

Elle se redresse pour partir. Il l'attrape et la fait tomber dans ses bras. Elle se débat. Ils luttent en silence un instant.

Au-dessus d'eux, à travers les planches disjointes du mur, apparaissent, au loin dans la clairière, Primo et Joseph.

SÉQUENCE 28

Primo, chargé de la moitié de ses affaires, aide Joseph qui semble de plus en plus exténué.

On les voit peu à peu se rapprocher de l'étable.
Ils arrivent.

PRIMO. Vous ne voulez pas vous reposer un petit peu ?

JOSEPH. Non, non, rejoignons, rejoignons...

SÉQUENCE 29

À l'intérieur de l'étable, Anna et Jascha sont immobiles.

Anna a mis sa main sur la bouche de Jascha, comme pour l'empêcher de proférer le moindre son. On la sent tendue, aux aguets, ne sachant si Primo et Joseph ont vraiment disparu.

Elle retire sa main.

Aussitôt, Jascha mime un hurlement muet.

Elle replaque sa main immédiatement, terrorisée.

Il lui saisit le poignet, embrasse ses doigts, les mordille, joue avec.

JASCHA. Je t'aime... Loutre au nez pointu. Je t'aime.

Il l'enlace et la serre.

ANNA. Qu'est-ce qu'on va devenir ?

JASCHA. Qu'est-ce qu'on va devenir ? qui devient quoi ? est-ce qu'il y a quelque chose à devenir ?

Ils sont ainsi enlacés près de la vache.
Jascha regarde devant lui, égaré, perdu...

SÉQUENCE 30

Joseph est assis sur un tas de bois bien rangé. Primo le soutient.

Derrière eux, au fond, les Alpes suisses.

Ils sont dans une sorte de petite clairière que traverse le sentier. Un peu plus loin, entre des rochers, un grand frêne s'élève.

D'en haut, par le chemin, apparaît Olga. Aussitôt suivie par Lulu et Michel.

OLGA. Les voilà ! Ils sont là !... Coucou !

JOSEPH *(à peine audible)*. Coucou...

OLGA. Qu'est-ce qu'il y a ?

PRIMO. Il ne se sent pas bien. Il a des difficultés pour respirer.

OLGA. Tu as été piqué ?

JOSEPH. Où est Jascha ?...

OLGA. Tu as été piqué ? *(À Primo.)* Il a été piqué ?

MICHEL. Je vais le chercher. *(À Olga.)* Il va s'arranger pour nous saboter l'après-midi !

Il part à la recherche de Jascha.

OLGA. Qu'est-ce que tu ressens ? *(Joseph montre sa poitrine et son ventre.)* Tu n'as pas été piqué ?... Respire en quatre temps. Respire en quatre temps. *(Joseph a un geste d'exaspération envers elle.)* Si tu n'as pas besoin de moi, tant mieux ! Je vais continuer ma promenade seule, tu feras ton cinéma devant Lulu qui est toute prête à s'apitoyer !

LULU. Qu'est-ce qui te prend ? Pourquoi tu es méchante ?

OLGA. Je ne suis pas méchante, ça fait quarante ans qu'il fait le mourant, je suis blindée tu sais.

LULU. Mais tu es méchante avec moi.

OLGA. Pas du tout. Tu le regardes avec des yeux de veau frit comme si tu étais la seule à pouvoir t'en occuper, occupe-t'en !

LULU. Tu es folle !

PRIMO. Allons, je crois vraiment que ce n'est pas le moment...

JOSEPH. Olga... Viens... Viens, je ne suis pas bien tu sais...

OLGA. C'est vrai. Tu es tout blanc. Il est tout blanc ! Où est Jascha ?

PRIMO. Je vais chercher un médecin.

LULU. La voiture est à une demi-heure... Montez plutôt jusqu'à la télécabine, vous pourrez téléphoner.

JOSEPH. Non, non... Pas de médecin...

PRIMO. Je vais courir. Je cours très vite.

JOSEPH. Non, non. Je veux tout le monde auprès

de moi... *(En direction de Lulu et Olga.)* Réconciliez-vous...

OLGA. Ne parle pas.

Pendant qu'ils parlent, ils allongent Joseph sur la pile de bois, la tête soutenue par sa veste, comme sur un petit bûcher.

JOSEPH. Faites la paix... Embrassez-vous...

LULU. Nous ne sommes pas fâchées, Joseph.

JOSEPH. Olga, c'est la vraie fin cette fois, je sens que je meurs pour de bon...

OLGA. Mais tais-toi au lieu de dire des âneries ! Monsieur Ghirardi, courez vite chercher un médecin !...

JOSEPH. Si vous partez, je meurs sur-le-champ, je vous interdis de partir.

Arrivent en courant Jascha, Michel et Anna.

JASCHA. Qu'est-ce qui se passe ?

OLGA *(hystérique)*. Papa n'est pas bien du tout !...

LULU. Il ne veut pas qu'on aille chercher un médecin.

JOSEPH. Jascha... Dis-leur de ne pas chercher de médecin... Je ne veux pas de médecin... J'ai vu des médecins toute ma vie... Ça suffit... Le médecin ne sert à rien quand on meurt.

OLGA. Il délire !

JASCHA. Papa, veux-tu que nous te portions jusqu'à la voiture, monsieur Ghirardi et moi ?...

Au lieu de répondre, Joseph ferme les yeux et soupire bizarrement. Court affolement. Il rouvre les yeux.

JOSEPH. Au théâtre, je n'aime que les rois... Je n'aime que les rois qui meurent avec une petite cour comme vous... Approche-toi Jascha... Mon Dieu, comme tu as bien joué hier... Je dirai là-haut comme tu as bien joué... Tu as amélioré le monde hier... Et tous ces cons qui ont applaudi... Vite, applaudir... Aucun silence... Horreur des applaudissements... J'ai voulu que tu sois un artiste, parce qu'un artiste rêve, vole au-dessus des choses... J'ai voulu que tu sois un grand artiste pour être le géniteur d'un grand artiste... J'ai voulu que tu connaisses la gloire pour mesurer ton asservissement... Tout est arrivé... Rien n'a eu le goût escompté... Je m'étais fait une autre idée de la mort... Tant d'agitation pour finir sur un tas de bois... *(Silence. Il reprend son souffle.)* Michel, toi qui connais ces choses, le mourant ne doit pas faire une petite bénédiction de dernier moment ?...

MICHEL. Il doit.

JOSEPH. Dis, dis...

MICHEL. Tu dois réciter le Shema.

JOSEPH. Maintenant ?...

MICHEL. Si tu es mourant, tu dois le réciter et si tu ne peux pas, un autre le fait. Mais tu n'es pas mourant, le mourant ne parle pas sur ce ton.

OLGA. Mais si ! Tu vois bien qu'il suffoque ! Monsieur Ghirardi, je vous en supplie, faites quelque chose !

PRIMO. Je ne suis pas médecin !

JASCHA. Vous connaissez les animaux, vous devez bien avoir des notions !

ANNA. Des notions de quoi ? Il n'est pas vétérinaire.

JASCHA. Qu'est-ce qu'il est ? !

PRIMO. Il faut lui prendre le pouls...

ANNA. Prends-lui !

Primo lui saisit le poignet.

PRIMO. Il faut le ventiler.

Tout le monde entreprend de le ventiler.

Olga desserre la ceinture de Joseph.

Lulu et Anna, chacune d'un côté, agitent, comme des voiles dans la tempête, l'une un cardigan, l'autre une branche de sapin.

JOSEPH. Une minute... Laissez-moi dire le Shema... *(Silence.)* « Shema Israel, Adonaï Elohenu... Adonaï... Ehrot... »

MICHEL. Amen. *(À Primo.)* Il a combien ?

PRIMO. Je le trouve pas.

ANNA. Qu'est-ce que ça veut dire ?

D'un geste, Joseph rappelle les femmes pour la ventilation.

JOSEPH. Lulu... C'est ton pechonka qui m'a empoisonné...

LULU. Mais je l'ai haché ce matin !

MICHEL. Tu ne dois rien dire d'autre après le Shema.

OLGA. Arrête avec tes rituels !

JOSEPH. Du pâté de foie, par cette chaleur...

PRIMO *(marmonnant)*. Criminel...

ANNA. Taisez-vous, monsieur Steg, ne faites pas d'effort.

JASCHA. Je cours chercher un médecin...

OLGA. Cours, chéri, va vite ! ! ! *(Joseph hoquette.)* Non !... Joseph ! !... *(Elle s'écroule sur lui.)*

LULU *(à Olga)*. Pousse-toi ! Pousse-toi !

Lulu se penche auprès du corps de Joseph et se livre à diverses manipulations.

JASCHA. Qu'est-ce qu'elle fait ?...

MICHEL. Laisse.

Silence.

OLGA. Il ouvre un œil !... Il vit !

Épuisée, Lulu se redresse.
Un temps.

OLGA. Il vit ! Tu l'as sauvé !... Oh, merci Lulu ! Merci ! Pardon !...

JASCHA. Ne pleure pas, regarde, il reprend des couleurs. Tu reprends toutes tes couleurs papa.

Peu à peu, la respiration de Joseph se calme et reprend un rythme normal.
Tout le monde le scrute, ce qui ajoute à sa résurrection.

JOSEPH *(à Lulu)*. Comment as-tu fait pour me ressusciter ?... Tu as drainé le pechonka ?...

LULU. Si je te disais qui m'a enseigné cette gestuelle...

JOSEPH. Qui ?

LULU. Vova.

OLGA. Eh bien, il a fini par être utile !...

JOSEPH. Brave Vova. Olga mon ange, tu m'aimes donc ?...

MICHEL. Quel cabot !

JOSEPH. Jascha, viens embrasser ton père. Dis à ton oncle de ne plus m'embêter.

Jascha embrasse Joseph.

Joseph attire Olga et tous les trois s'embrassent.

LULU. Attendez ! Ne bougez pas ! Restez comme vous êtes !

Elle sort de son sac un appareil photo automatique. Vise et prend une photo.

LULU. Bravo !... Michel, mettez-vous avec eux. Voilà. Oh, le ciel se couvre ! Tant pis. Encore une. Maintenant, Anna et Primo. Le jeune couple.

ANNA. Ce n'est pas la peine... Non... Il n'y a plus de soleil.

LULU. Si, si. Mettez-vous par là...

Primo serre affectueusement Anna contre lui.

Jascha s'est écarté.

Il les contemple.

LULU. Voilà. Magnifique.

Avec l'aide d'Olga, Joseph s'est redressé. Il semble à présent frais et dispos.

OLGA *(en aparté à Michel)*. De retour à Évian, je veux absolument qu'il voie un médecin.

MICHEL *(à Joseph)*. De retour à Évian, elle veut absolument que tu voies un médecin !

Joseph a un geste de résignation comme pour dire : puisque vous m'y obligez !

MICHEL *(il enlace Lulu par les épaules)*. Qui nous prend ?

LULU. Non, non, je suis moche, je suis toute... Non...

MICHEL. Jascha, prends-nous. Je veux un souvenir avec la dame du lac.

LULU. Non...

MICHEL *(il prend l'appareil des mains de Lulu et le donne à Jascha)*. Si, si.

Michel et Lulu (qui se recoiffe avec les mains

et se met hâtivement un peu de rouge à lèvres) se serrent l'un contre l'autre.

Jascha regarde dans le viseur.

Un temps.

LULU. Vous n'appuyez pas ?

JASCHA. Si.

Il appuie. (En fait, il prend la photo au moment où Lulu parle et bouge.)

On entend tout à coup comme une bourrasque de vent ou un roulement de tonnerre lointain, et le bruit d'une forte pluie.

LULU. L'orage ! J'avais prédit l'orage !...

La pluie se met à tomber à verse.

OLGA. Hou !...

MICHEL. Vite, vite, vite...

JOSEPH. Où allons-nous ?

PRIMO. Sous le frêne.

OLGA *(à Joseph)*. Mets ta veste...

JOSEPH. On ne risque rien ?...

PRIMO. On ne risque rien, les montagnes nous protègent...

Ils courent tous sous le frêne en se protégeant.
Lulu sort de son sac des K-way aux couleurs électriques et voyantes.

LULU. Enfilez les K-way !... Je n'en ai que trois.

ANNA. Moi je n'en ai pas besoin.

Olga et Joseph enfilent les K-way.

LULU. Michel ?

MICHEL. Vous, vous, moi je n'ai rien à protéger.

LULU. Non, moi je suis équipée... *(Elle met un élégant petit anorak d'été.)*

Michel enfile le K-way après avoir interrogé Primo du regard.
Fagotés, blottis, ils regardent l'averse.
Seul Jascha est à l'écart, assis sur une pierre, sous une grosse souche qui surplombe le sentier.
Après un temps.

LULU. Ça ne vous rappelle rien ?

OLGA. Sospel ? L'averse de Sospel ?...

JOSEPH. Ah, Sospel... L'averse de Sospel...

LULU. C'était comme ça...

OLGA. Oui... *(Aux Ghirardi.)* Nous nous souvenons d'une pluie d'il y a quarante ans...

JOSEPH. On avait bouffé des figues. Tu te souviens Olga. Jamais plus on a mangé des figues comme ça.

OLGA. Non... *(À Jascha.)* Tu vas attraper froid mon chéri...

JASCHA. Non, non.

LULU. Qui veut une pomme ? Joseph, tu veux une pomme ? Il me reste une pomme.

JOSEPH. Donne.

Il croque la pomme.
L'averse.
Silence.

JOSEPH. Ah ! Sospel !...

LULU. Et la maison ?

JOSEPH. Vendue.

LULU. Quel dommage.

OLGA. Joseph imitait Frank Sinatra.

JOSEPH. J'étais joli garçon.

LULU. Ah oui, tu étais joli garçon.

OLGA. Quelle tête tu as avec cette capuche ! Regardez comme il l'a serrée, il a l'air d'un champignon !...

Elle rit, et tout le monde (excepté Jascha à l'écart) rit avec elle.

Primo enserre Anna.

Olga se mouche.

Joseph l'entoure de son bras.

JOSEPH. Jascha...

JASCHA. Oui.

JOSEPH. Tu sais de qui on s'est souvenus hier, ta mère et moi ?

JASCHA. Non.

JOSEPH. De M. Litnick.

JASCHA. M. Litnick... Oui. J'y pense quelquefois.

JOSEPH *(à Olga)*. Ah, tu vois, il y pense...

Silence. Il finit sa pomme et jette le trognon au loin.

JOSEPH. Est-ce que c'est grave d'avoir récité le Shema sans mourir ?

MICHEL. Non.

JOSEPH. Ça me perturbait.

La pluie doucement s'arrête.
La lumière change.
Jascha quitte son abri. Il fait quelques pas et se retourne. Les autres n'ont pas bougé. Il les regarde.
Puis il leur fait un petit signe, comme un au revoir sur un quai.
Ils quittent l'arbre.
Un moment indécis où chacun ne sait où aller.

MICHEL. Rentrons mes enfants.

OLGA. Oui, rentrons. Il est temps. *(Elle défait le nœud de la capuche de Joseph.)* Ferme ton col.

JOSEPH. Oui... *(Olga l'aide.)* Merci Lulu pour cette bonne journée.

LULU. Un peu ratée, non ?...

OLGA. Comment, ratée !

LULU. Si.

JOSEPH. Mais non !

OLGA. Pas du tout ratée, seulement il est temps de rentrer. Où j'ai mis mon étui ?...

Michel fume, attendant que sa sœur rafistole Joseph.

Primo regarde le lointain aux jumelles.

Anna aide Lulu à sécher et à ranger les K-way.

LULU *(légèrement à l'écart avec Anna)*. Vous n'aurez même pas vu Abondance...

ANNA. Ce n'est pas grave.

LULU. Non, c'est vrai. Vous avez toute la vie devant vous.

Anna plie le dernier K-way sans répondre.

LULU. Allons ! Vous êtes jeune, vous êtes splendide, votre couple est épatant...

ANNA *(très vite et avec effusion)*. En tout cas je voulais vous dire une chose, moi aussi je vous trouve formidable. J'ai adoré votre gaieté, votre énergie, vous avez enchanté cette après-midi, vous êtes une femme merveilleuse, vous n'avez aucune raison de vous jeter dans le lac !

Anna prend Lulu dans ses bras et l'embrasse avec chaleur.

Lulu se laisse faire, interdite.

Plus loin.

JASCHA. C'est beau ces nuages là-bas.

PRIMO. Oui très beau.

JASCHA. Je vais descendre par la forêt... *(assez fort)* Anna ?

ANNA. Oui.

JASCHA. Tu as vu ces nuages ?

ANNA. Oui...

JASCHA. Je descends par la forêt.

ANNA. Soyez prudent.

OLGA. Ce n'est pas prudent mon chéri. Le sol est tout boueux maintenant.

JASCHA. Viens avec moi.

Tout le monde est surpris et gêné par cette familiarité, ce ton et ce tutoiement soudains.

Seul Primo semble ne rien remarquer.

ANNA. Je vais rester avec mon mari... Merci...

PRIMO. Nous pouvons descendre par la forêt si ça t'amuse.

Anna le regarde avec tendresse.

Un instant de silence.

PRIMO. Quoi ? J'ai dit une bêtise ?...

ANNA *(gentiment)*. Mais non...

JASCHA. Viens Anna... *(Silence. Il lui tend la main.)* Viens... *(Calmement, comme une énumération.)* Si tu viens avec moi, je te promets l'incertain, le désordre... et tous les accords de la solitude.

Anna regarde Jascha avec désespoir et colère.

Primo est désemparé. Il se tourne vers Anna, vers Jascha, quêtant une réponse qui ne vient pas.

JASCHA *(à Primo)*. Quelle femme ordinaire vous avez monsieur Ghirardi. Elle vient quand on ne l'appelle pas. Quand on l'appelle, elle a peur...

PRIMO. Qu'est-ce que c'est que ces conneries Anna ?

JASCHA *(à Anna)*. Dis-lui.

ANNA *(avec une fureur contenue)*. Dis-lui toi... Sois monstrueux jusqu'au bout...

PRIMO. Me dire quoi ? J'aimerais bien comprendre !

JASCHA. Mets un terme à tout ça Anna. Dis-lui.

PRIMO *(il la secoue violemment)*. Mais enfin, tu vas m'expliquer Anna ! !...

Prise de panique, balbutiant quelques plaintes inaudibles, elle s'agglutine à lui, l'enserrant, l'empêchant de se débarrasser d'elle, enfouissant, comme pour le cacher ou ne plus rien voir elle-même, son visage contre son corps.

JASCHA *(toujours calme)*. Elle a honte.

PRIMO *(menaçant)*. Toi, ta gueule ! !

Silence.

Olga, Lulu, Michel et Joseph sont pétrifiés.

Jascha lève la main en signe d'apaisement, il se détourne un court instant puis revient vers Primo.

JASCHA. Monsieur Ghirardi... Monsieur Ghirardi, j'ai aimé Anna... Un jour, à Vienne, elle m'a souri, et ce sourire m'a rappelé une émotion ancienne... À l'âge de sept ans, j'ai eu un professeur de violoncelle qui s'appelait M. Litnick. M. Litnick était la bonté même. Il avait un bras qui tremblait. Il ne pouvait plus jouer à cause de ce bras qui tremblait. Et il ne pouvait plus enseigner car il n'inspirait plus confiance... Le jour où il est venu pour la dernière fois chez nous, je lui ai dit au revoir et je l'ai regardé disparaître de ma vie par la fenêtre... M. Litnick traversait la rue vers l'arrêt d'autobus... Je ne sais pas comment ça se faisait, mais je pouvais voir de dos qu'il marchait avec chagrin. À l'arrêt de l'autobus, il a levé les yeux vers notre appartement, il m'a vu à la fenêtre, et il m'a fait un signe en soulevant son chapeau avec une gentillesse... avec un sourire d'une gentillesse... *(Il ne peut poursuivre. Un temps.)* Dans le sourire de Vienne, il y avait un encouragement identique, quelque chose que je n'avais pas vu depuis des années, de tendre et d'humain, d'une solitude à une autre... Quelque chose de vraiment inattendu de la part d'une femme à mon égard... *(À Anna.)* Voilà pourquoi je t'ai aimée. Le reste, tout ce qui a suivi... *(geste évasif)*.

Silence.

Fermement, Primo a écarté Anna. Elle s'est laissé faire.

Lorsque Primo parle, il le fait comme en lui-même, la tête penchée, le regard sur un point. Presque un murmure.

PRIMO. Fais ce que tu veux Anna... c'est un jour noir... le pire jour de ma vie...

Il se retourne et s'en va à grandes enjambées.

JOSEPH. Attendez-moi !... Monsieur Ghirardi ! Attendez-moi !... Monsieur Ghirardi !...

Joseph vole sur les traces de Primo.

Sans un regard pour Jascha, Anna se précipite dans la même direction.

Elle court, elle dépasse Joseph, tente d'accrocher la main de Primo qui se dégage et accélère le pas.

Elle le suit comme elle peut.

OLGA. Qu'est-ce que j'ai fait au bon Dieu !...

MICHEL. À l'atelier, on me prend pour un dingue. On dit Mazelsky a un grain, mais comparé à vous quel grain j'ai ?... Ne fais pas cette tête Olga, viens. On ne va pas laisser le vieil homme marcher seul.

Sans se préoccuper de Lulu, il prend tendrement sa sœur par le bras et l'entraîne.

Jascha et Lulu restent seuls.

Silence.

Jascha regarde le vide.

Lulu est figée. Elle l'observe à la dérobée.

SÉQUENCE 31

Sur le chemin qui descend en lacets raides et caillouteux, Primo marche en tête, très vite, suivi par Anna qui court un peu pour rester dans son pas.

Derrière, comme une ligne de coureurs, Joseph, Michel, et Olga, dont on sent qu'ils ne veulent pas laisser le couple seul, tentent de suivre l'allure.

On entend, comme naissant de la forêt, une musique klezmer. Le thème, très pur, comme mêlé au bruit du vent, est décliné par un violoncelle.

Ils disparaissent dans le coude d'un virage. Réapparaissent identiques, à travers les arbres, marchant toujours vite. Joseph refusant l'aide de Michel d'un geste du bras.

Petits personnages pressés, ils s'en vont dans la brume, sans jamais parvenir à se rejoindre.

Encore un instant visibles, ils s'évanouissent

dans la montagne recouverte de silence, de vent et d'amertume.

SÉQUENCE 32

On retrouve au même endroit Jascha et Lulu.

Lui n'a pas bougé.

Elle est en retrait, en train de ramasser quelques affaires éparses.

Il s'avise de sa présence.

Il l'observe un instant avant de parler.

JASCHA. Pas terrible la balade d'Abondance... Hein...

Un temps.

JASCHA. Lucienne... Lulu Kreutz, j'ai une proposition à vous faire... Que diriez-vous d'une descente directissime sur l'abreuvoir ?

LULU *(désignant la pente vertigineuse)*. Par ici ?

JASCHA. Par ici.

LULU. Sur les fesses !...

JASCHA. Chiche ?

LULU. Chiche.

JASCHA. Mais attention. Le pantalon du Royal Golf Club va en prendre un sacré coup.

LULU. Et vous Jascha, une catastrophe si vous vous rabotez le derrière !

JASCHA. On me mettra un coussin. Un plus pour ma légende.
On y va ?

LULU. On y va !

SÉQUENCE 33

Ils y vont.

Jascha se jette littéralement dans la pente, contraint immédiatement à des enjambées de plus en plus amples pour maintenir l'équilibre.

Derrière, Lulu, sans réfléchir, se précipite à son tour dans l'aventure.

Musique klezmer. La clarinette a remplacé le

violoncelle et le thème s'est emballé, frénétique, sans plus aucune trace de nostalgie.

La caméra suit Jascha et Lulu, dévalant, tombant, se relevant, riant.

Ils traversent des buissons de ronces auxquels ils se retiennent, se griffant les mains, les jambes, le visage.

Dans la boue et les branches, comme deux fous, ils dégringolent sans cesse.

Jascha prend de plus en plus de vitesse. Il parvient à un ressaut qu'il saute. Il s'élève dans l'air, courant encore.

L'image se fige. Puis s'efface lentement.

Ce texte a fait l'objet d'un film réalisé en 1998 avec la distribution suivante :

Joseph Steg .... Philippe Noiret
Olga Steg .... Judith Magre
Jascha Steg .... Niels Arestrup
Anna Ghirardi .... Carole Bouquet
Primo Ghirardi ...... Johan Leysen
Lulu Kreutz .... Stéphane Audran
Michel Mazelsky ..... Michel Aumont

La composition de cet ouvrage
a été réalisée par I.G.S. Charente Photogravure,
à l'Isle-d'Espagnac,
l'impression et le brochage ont été effectués
sur presse Cameron dans les ateliers
de ***Bussière Camedan Imprimeries***
à Saint-Amand-Montrond (Cher),
pour le compte des Éditions Albin Michel.

Achevé d'imprimer en novembre 1999.
N° d'édition : 18474. N° d'impression : 994913/4.
Dépôt légal : novembre 1999.